D1372905

Paul Morand

L'allure de Chanel

Gallimard

Paul Morand est né en 1888 à Paris, rue Marbeuf, sur l'emplacement du célèbre Bal Mabille. Les Sciences politiques et Oxford le conduisent au concours des Ambassades où il est reçu premier.

Sa carrière diplomatique est allée de pair avec une carrière littéraire très féconde : son œuvre compte une centaine de romans, nouvelles, portraits de villes et chroniqÅues. Il fréquente les milieux politiques, diplomatiques, mondains, et se lie avec Proust, Cocteau, Misia Sert, avec lesquels il partage le goût des soupers fins et la passion de la littérature. Dès la fin de la Première Guerre mondiale, il collabore régulièrement à *La N.R.F.* et publie des nouvelles. Des postes à l'étranger, il rapporte de remarquables textes sur les villes. Pendant la Seconde Guerre mondiale, le gouvernement de Vichy le nomme ambassadeur en Roumanie, puis à Berne. Sa carrière diplomatique prend fin à la Libération. Révoqué, il vit entre la Suisse et la France.

Paul Morand a été l'un des premiers chantres de la vie moderne, du cosmopolitisme, des voitures de course, du jazz, des voyages. Il a été élu à l'Académie française en 1968. Il est mort en 1976.

Préface

Pour la première fois, j'entrais rue Cambon. Un réveillon de 1921, je crois. « Vous êtes tous invités chez Coco » nous avait dit Misia ; tous, c'est-à-dire les Six, notre bande du *Bœuf*, les jeunes du salon de Madame Alphonse Daudet, les habitués de l'atelier des Jean Hugo au Palais Royal, ceux de nos dîners du samedi soir, chez Darius Milhaud. Chanel n'avait pas encore conquis Paris ; le buffet était dressé dans les salons d'essayage, restés les mêmes qu'en 1914, pareils à une clinique, où les paravents de Coromandel de Madame Langweil n'avaient pas encore déplié leurs feuilles d'automne. Hormis ses clients de Deauville ou des joueurs de polo, amis de ce Capel qu'elle venait de perdre, Chanel était très seule, très timide, très surveillée ; Misia lui amenait ce soir-là ses futurs compagnons de vie, les Philippe Berthelot, Satie, Lifar, Auric, Segonzac, Lipschitz, Braque, Luc-Albert Moreau, Radiguet, Sert, Élise Jouhandeau, Picasso, Cocteau, Cendrars (pas encore Reverdy). Leur seule présence annonçait la cassure d'avec 1914, le passé révoqué, la voie ouverte au lendemain, un lendemain où les banquiers ne s'appelleront plus Salomon, mais Boy, Lewis, où Satie n'écrira pas *España*, mais *Espagna*, où les parfums ne seront plus *Trèfle incarnat, Rêve d'automne*, mais porteront un numéro matricule, comme des forçats. Vous n'auriez pas reconnu le génie de Chanel ; rien n'indiquait encore son autorité, sa violence, sa tyrannie agressive, ne laissait apparaître ce caractère promis à une grande illustration. Seule Misia, avec son flair de revendeuse, avait senti monter Chanel, avait deviné son sérieux dans le frivole, le précis de son tour d'esprit et de main, l'absolu d'un tempérament. Derrière un trouble avivé par tant de convives, charmante dans sa réserve, d'une timidité qui émouvait sans qu'on sût pourquoi — peut-être son deuil récent — Chanel apparaissait incertaine et comme mettant sa propre vie en doute, ne

croyant plus au bonheur : nous fûmes enthou-
siasmés. Qui pressentait que nous soupions, ce
soir-là, chez l'ange exterminateur d'un style
dix-neuvième siècle ?

« Savez-vous ce que c'est que faner ? » écrivait Mme de Sévigné ; faner, c'est étendre le
foin ; mais c'est aussi faire perdre aux choses
leur fraîcheur ; rien qu'à paraître, Chanel *fanait*
l'avant-guerre, desséchait Worth ou Paquin.
Chanel était une bergère ; elle sentait bon la
piste d'entraînement, la fenaison, le crottin, le
cuir de botte, le savon de sellerie, le sous-bois.
« Notre siècle aura vu la revanche des bergè-
res » dit le *Paysan parvenu*. Avec Chanel, c'est
cette proportion des « filles en cotillon et souliers plats » dont parle Marivaux, qui vont af-
fronter « les dangers de la ville », en triompher,
avec ce solide appétit de vengeance qui amorce
les révolutions ; Jeanne d'Arc aussi, c'est la révolution de la bergère ; pour citer encore Marivaux : « Notre siècle annonce la revanche des
bergers ; le paysan est dangereux, je vous en
avertis. » Chanel est de cette race-là. Elle disait : « J'ai rendu au corps des femmes sa liberté ; ce corps suait dans des habits de parade,

sous les dentelles, les corsets, les dessous, le rembourrage » ; avec Chanel, la verte campagne reprenait le dessus, comme en littérature, vingt ans plus tôt, avec une Colette débarquant à Paris dans le même sarraut « d'écolière », portant la même cravate Lavallière, les mêmes souliers d'orphelinat. Cet esprit de vengeance n'abandonnera jamais Chanel ; il lui fit couper une belle et longue chevelure qui se prenait dans les lacets de son corset ; il exterminait tout un rêve de paradis perdu, d'ailleurs imaginaire, puisque l'enfance fabuleuse qui la marqua tellement, elle l'avait d'abord haïe et fuie.

Mystère des complexes ! C'est là le côté ombre de Chanel, sa souffrance, son goût de faire mal, son besoin de châtier, sa fierté, sa rigueur, ses sarcasmes, sa rage destructive, l'absolu d'un caractère soufflant le chaud et le froid, son génie invectif, saccageur ; cette *Belle dame sans mercy* allait inventer la pauvreté pour milliardaires (tout en dînant dans de la vaisselle d'or), la simplicité ruineuse, la recherche de ce qui ne tire pas l'œil : le cuivre des yachts, le bleu et blanc naval, la toile cirée du chapeau des marins de Nelson, le mi-parti *black and white* du colombage des maisons de Chester, la teinte ardoisée de ses champs de lavande, à Roquebrune, les pique-niques sur la Brenta, ces soupers à la *Pausa*, sans livrée, où l'on se servait dans des réchauds alignés sur la table à gibier. Jamais snobisme ne fut mieux dirigé contre lui-même.

L'abrupt du caractère de Chanel, le précis de son tour de main ou de ses phrases, le sommaire de ses aphorismes tombés d'un cœur de silex, débités par le torrent d'une bouche d'Euménide, sa façon de donner et de se reprendre, d'offrir des cadeaux comme des gifles (« Je vous envoie ces six statues de nègres vénitiens, téléphonait-elle, je ne peux plus les souffrir »), tout en elle remontait du fond de son enfance contrariée « parmi des paysans qui voulaient leurs enfants plus grands qu'eux-mêmes » (Bernard Palissy).

1900 ne recevait pas ses « fournisseurs », fussent-ils Monsieur Doucet ou Madame Lanvin ; Chanel fut non seulement reçue, dès 1925, mais abaissa ses hôtes, paya les notes d'hôtel des grands ducs, transformant les altesses en femmes de ménage ; cette vengeance allait jusqu'aux objets, humiliant la zibeline cachée en doublure d'imperméable, scalpant les chevelures, éteignant les soies par le neutre des jerseys, remplaçant les couleurs vives par le fondu des tenues de parachutistes. Son refus d'épouser Westminster fut peut-être une façon imprévue d'effacer Trafalgar et Waterloo ? Son paupérisme rageur se plaisait à dévaluer jusqu'aux pierres précieuses, les muant en pierres communes, lui faisait prêter pour un bal ses colliers de saphirs à des filles pauvres (qu'elle accusait ensuite de l'avoir volée).

Parfois, ses narines élargies par une permanente colère cessaient de palpiter, elle montrait alors une certaine lassitude, son cœur livrait le secret d'une nature infertile ; mais cela ne durait qu'un instant, elle ne pouvait se passer de vous ; le lendemain, elle ne vous supportait plus. Chanel, c'était Némésis.

Cette voix torrentueuse, roulant de la lave, ces mots qui crépitaient comme des sarments secs, ses répliques, happant et croquant du même bec, un ton de plus en plus péremptoire à mesure que l'âge la faisait fléchir, un ton toujours plus révoquant, toujours plus infirmant, des condamnations sans appel, je les entendis, des soirées entières, dans cet hôtel de Saint-Moritz où je la retrouvai, pendant l'hiver 1946, chômeuse, désœuvrée pour la première fois, rongeant son mors. Elle s'était exilée volontairement en Engadine, hésitant à reprendre la rue Cambon, attendant un retour de fortune. Elle se sentait rattrapée par le passé, saisie par le temps retrouvé, Guermantes de la couture, Verdurin d'un âge soudain inconnu d'elle, l'époque de Gaulle, et l'atrabile lui sortait par des yeux restés étincelants, sous l'arc des sourcils de plus en plus accusés au crayon gras, comme des arceaux de basalte ; Chanel, volcan d'Auvergne que Paris avait tort de croire éteint.

Sur ces tête-à-tête du Saint-Moritz d'il y a trente ans, en rentrant dans ma chambre, je griffonnai quelques notes, puis n'y pensai plus ; sauf le portrait, inoubliable, de Misia, j'en perdis jusqu'au souvenir. Les hasards d'un démé-

nagement en Suisse, en août dernier, firent
remonter en surface ces feuillets jaunis. Entre-
temps des ouvrages très complets sur Chanel
avaient paru, au lendemain de sa mort, un
roman étincelant, ou encore les mémoires déli-
cats d'une amitié tardive.

Je pris plaisir à relire mes feuillets volants, à
en-tête du Palace de Badrutt, puis je voulus
faire partager ma nostalgie à Pierre Berès ; il
me supplia de les faire dactylographier ; mauvaise pente… Rien n'était de moi ; tout d'une
revenante, mais qui, outre-tombe, gardait un
galop effréné, son allure normale. *Allure*, dans
tous les sens du mot : rythme physique et moral, comme on dit en équitation les trois allures
du cheval ; et aussi, comme en vénerie, les allures d'un cerf, pour signaler ses brisées, son passage dans la feuillée et les branches cassées ;
Chanel a passé par ici, Chanel par là ; trente
années, c'est une grande forêt…

P. M.

Seule

Ce n'est pas devant mon Puy-de-Dôme natal que je parle avec vous, ce soir, c'est à Saint-Moritz, face à la Bernina ; ce n'est pas dans la noire maison où fut, un jour, recueillie, sans élan ni chaleur, une fillette orgueilleuse et fermée, que je commence à vous raconter ma vie passée ; c'est dans un hôtel illuminé, où les riches prennent leur plaisir et leur repos laborieux. Mais pour moi, dans la Suisse d'aujourd'hui comme dans l'Auvergne d'autrefois, je n'ai jamais trouvé que la solitude.

À six ans, je suis déjà seule. Ma mère vient de mourir. Mon père me dépose, comme un fardeau, chez mes tantes, et repart aussitôt vers une Amérique d'où il ne reviendra jamais.

Orpheline… depuis lors, ce mot m'a toujours

glacée d'effroi ; **maintenant** encore je ne puis
voir passer un **pensionnat** de petites filles et entendre dire « ce sont des orphelines », sans que
mes yeux se mouillent. Un demi-siècle a passé,
mais au sein du luxe et de la joie des derniers
heureux d'un monde misérable, je suis seule,
encore seule.

Plus seule que jamais.

En tête de ces premiers propos se détache le
mot *seule* ; je n'écrirais pas : *Seule...*, je ne le ferais pas suivre de points de suspension colorant
mon isolement d'une mélancolie qui n'est pas
dans ma nature ; pas non plus de point d'excla-
mation : *Seule !*, ce qui aurait inutilement eu
l'air d'un défi au monde. Je constate simplement que j'ai grandi, vécu, et que je vieillis
seule.

C'est la solitude qui m'a trempé le caractère,
que j'ai mauvais, bronzé l'âme, que j'ai fière, et
le corps, que j'ai solide. Ma vie, c'est l'histoire
— et souvent le drame — de la femme seule,
ses misères, sa grandeur, le combat inégal et
passionnant qu'elle doit mener contre elle-
même, contre les hommes, contre les séduc-

tions, les faiblesses et les dangers qui surgissent de toutes parts.

Seule, aujourd'hui dans le soleil et la neige… Je continuerai, sans mari, sans enfants, sans petits-enfants, sans toutes ces charmantes illusions, sans tous ces mirages qui nous font croire que le monde est habité par d'autres nous-mêmes, à travailler et à vivre *seule*.

La petite Coco

Chaque enfant possède un lieu de retraite où il aime à se réfugier, à jouer, à rêver. Le mien, c'était un cimetière auvergnat. Je n'y connaissais personne, pas même les morts ; je n'y pleurais personne ; aucun visiteur n'y entrait jamais. C'était un petit vieux cimetière de campagne, avec les tombes abandonnées parmi les herbes folles. J'étais la reine de ce jardin secret. J'en adorais les habitants souterrains. « Les morts ne sont pas morts tant qu'on pense à eux », me disais-je. J'avais pris en affection deux sépultures anonymes ; ces dalles de granit et de basalte, c'était ma salle de récréation, mon boudoir, ma tanière. J'y apportais des fleurs ; sur les tertres bossus, je dessinais des cœurs en bleuets, des vitraux en coquelicots, des devises en marguerites. Entre deux chasses aux champignons, j'y amenais en visite mes poupées de chiffons, celles que je préférais à toutes les autres parce que je les avais fabriquées moi-même. Je confiais mes joies et mes peines aux compagnons silencieux dont je ne troublais pas le dernier sommeil.

Je voulais être sûre qu'on m'aimait et je vivais avec des personnes impitoyables. J'adore parler toute seule et je n'écoute pas ce qu'on me dit : cela vient sans doute de ce que les premiers êtres à qui j'ai ouvert mon cœur étaient des morts.

Nous voilà arrivés chez mes tantes, mon père et moi, à la tombée de la nuit. Nous sommes en grand deuil. Ma mère vient de mourir. Mes deux sœurs ont été mises au couvent. Moi, la plus raisonnable, je suis confiée à ces tantes à la mode de Bretagne, cousines germaines de ma mère. Quand nous arrivons, on nous accueille sans enthousiasme ; on coupe la mèche de la lampe pour mieux voir ma figure. Mes tantes ont dîné ; nous, pas ; elles sont surprises que des gens qui ont voyagé tout le jour n'aient pas mangé. Cela dérange leur horaire et leur économie, mais elles finissent par triompher de leur âpre rigueur provinciale et déclarent à regret : « On va vous faire deux œufs à la coque. » La petite Coco devine leur regret et en est blessée ; elle meurt de faim, mais à la vue des œufs, elle fait non de la tête, elle refuse, elle se récuse, elle déclare bien haut qu'elle n'aime pas les œufs, qu'elle les déteste ; en réalité elle les adore, mais après ce premier contact, dans cette nuit sinistre, elle a besoin de dire non à quelque chose, de dire éperdument non à tout ce qui s'offre, aux tantes, à tout ce qui l'entoure, à la vie nouvelle. Pendant les dix ans qu'elle va passer au Mont-Dore, la petite Coco s'enfoncera dans son premier mensonge, dans son refus têtu, jusqu'à ce que s'accrédite enfin la légende indiscutée — cette première légende sera suivie de tant d'autres ! — « la petite Coco n'aime pas les œufs ». Désormais, quand je serai sur le point de porter à ma bouche un bon morceau d'omelette flambée, dans l'espoir qu'on oubliera ma légende, j'entendrai la voix acide de mes tantes dire : « Tu sais bien que ce sont des œufs. » Ainsi le mythe tue le héros.

Je dis non à tout, par goût violent, trop violent de la vie, par besoin d'être aimée, parce que tout m'irrite et me blesse chez mes tantes. Exécrables tantes ! Adorables tantes ! Elles appartenaient à cette bourgeoisie paysanne qui ne rentre en ville ou dans leur bourg que chassée par le mauvais temps, pour l'hiver, mais sans jamais perdre contact avec le sol qui les nourrit. Exécrables tantes pour qui l'amour est un luxe et l'enfance un péché. Adorables tantes dont la hotte de cheminée regorge de salaisons et de viandes fumées, les buffets de beurre salé ou de confitures, les armoires de beaux draps en toile d'Issoire que nos colporteurs auvergnats vont vendre au bout du monde. Il y a tant de linge chez elles qu'on ne lave que deux fois l'an. Je sais bien que les Auvergnats passent pour n'être pas très propres, mais en comparaison de nos actuels trousseaux dévastés, c'était tout de même beaucoup de linge. Nos servantes portent la coiffe tuyautée, car dès l'âge de quinze ans, elles ont coupé et vendu leurs cheveux ; c'est une coutume qui date des Gaulois ; les dames romaines se coiffaient déjà avec nos cheveux. On m'envoie à l'école, au catéchisme.

Je n'y apprends goutte. Mon savoir n'aura jamais rien à voir avec ce qu'enseignent les professeurs ; le Dieu auquel je crois ne sera pas le Bon Dieu des curés. Ma tante me fait réciter ma leçon ; comme elle a oublié son catéchisme, elle puise dans mon livre ses interrogations ; je réponds à merveille, d'autant mieux que j'ai découvert au grenier un autre catéchisme et déchiré ses pages une à une, ce qui me permet de cacher dans la paume de ma main les passages sur lesquels on me questionne.

Le grenier... que de ressources dans ce grenier ! C'est ma bibliothèque. Je lis tout. J'y trouve la matière romanesque dont ma vie profonde va se nourrir. Chez nous, on n'achetait jamais de livres ; on découpait le feuilleton du quotidien, on cousait ensemble ces longs « rez-de-chaussée » de papier jauni. C'est là ce que la petite Coco dévore en cachette, dans le fameux grenier. Des romans lus je copiais des passages entiers, que je glissais dans mes devoirs : « Où diable vas-tu chercher tout cela ? » me demandait l'institutrice. Ces romans-là m'enseignèrent la vie ; ils alimentaient ma sensibilité et mon orgueil. J'ai toujours été orgueilleuse.

Je déteste m'abaisser, courber l'échine, m'humilier, déguiser ma pensée, me soumettre, ne pas en faire à ma tête. Aujourd'hui comme alors, l'orgueil éclate dans mes actions, dans mes gestes, dans la dureté de ma voix, dans le feu de mon regard, dans mon visage musclé et tourmenté, dans toute ma personne absolue. Je suis le seul cratère d'Auvergne qui ne soit pas éteint.

J'ai gardé noirs mes cheveux, pareils à une crinière de cheval, mes sourcils noirs comme nos ramoneurs, ma peau noire comme la lave de nos montagnes, mon caractère noir comme le cœur d'un pays qui n'a jamais capitulé. J'ai été une enfant en révolte ; j'ai été une amoureuse en révolte, une couturière en révolte, un vrai Lucifer. Mes tantes n'étaient pas de mauvaises personnes, mais je le croyais, ce qui revient au même. Au fond, le Mont-Dore, ce n'était pas terrible, mais ce l'était pour moi et ce sont mes épreuves d'alors qui m'ont fortifiée, c'est à mon éducation très dure que je dois mon ossature. Oui, l'orgueil est la clé de mon mauvais caractère, de mon indépendance de tzigane, de mon insociabilité ; c'est aussi le secret de ma force et de ma réussite ; c'est le fil d'Ariane qui me permet de me retrouver toujours.

Car il m'arrive de me perdre. Par exemple dans le dédale de ma légende. Chacun de nous a sa légende, stupide et merveilleuse. La mienne, à laquelle Paris et la province, les imbéciles et les artistes, les poètes et les gens du monde ont collaboré, est si variée, si complexe, si sommaire et si compliquée à la fois, que je m'y perds. Non seulement elle me défigure, mais elle me recompose une autre face ; quand je veux m'y reconnaître, je n'ai qu'à penser à cet orgueil qui m'est vice et vertu.

Ma légende repose sur deux piliers indestructibles : le premier, c'est que je suis sortie on ne sait d'où : du music-hall, de l'opéra ou du bordel ; je le regrette ; cela eût été plus drôle ; le second, c'est que je suis la reine Midas.

On m'a cru une intelligence des affaires que je n'ai pas. Je ne suis pas Madame Curie, mais je ne suis pas non plus Madame Hanau. Les affaires, les bilans, m'ennuient à mourir. Pour additionner, je compte sur mes doigts.

Quand j'entends dire que j'ai eu de la chance, cela m'irrite. Personne n'a plus travaillé que moi. Les inventeurs de légende sont des paresseux ; s'ils ne l'étaient point, ils iraient regarder au fond des choses, au lieu d'inventer. L'idée qu'on peut construire ce que j'ai construit, sans travail, et par un simple coup de baguette, en polissant la lampe d'Aladin et en se contentant de faire un vœu, n'est que pure imagination. (Pure… ou impure.) Ce que je dis ici n'y changera, d'ailleurs, rien.

La légende a la vie plus dure que le sujet ; la réalité est triste et on lui préférera toujours ce beau parasite qu'est l'imagination. Que ma légende fasse son chemin, je lui souhaite bonne et longue vie ! Et bien des fois je continuerai à rencontrer dans le monde des gens qui me parleront de « Mlle C., qu'ils connaissent très bien », sans savoir que c'est à elle qu'ils s'adressent.

« Ma plus tendre enfance. » Ces mots qu'on a coutume d'accoupler me font frémir. Aucune enfance ne fut moins tendre. Très vite, je compris que la vie était chose grave. Ma mère étant déjà très malade, nous amènera, mes deux sœurs et moi, chez un vieil oncle, (j'avais cinq ans), qu'on appelait « l'oncle d'Issoire ». On nous enferma dans une chambre tapissée de papier rouge. Nous fûmes d'abord très sages ; puis nous nous aperçûmes que le papier rouge, trempé d'humidité, se laissait décoller du mur, nous en déchirâmes d'abord un petit morceau ; c'était bien agréable. En tirant plus fort, une large bande du papier mural se détacha ; c'était amusant au possible, nous grimpâmes sur une chaise ; sans effort, tout le papier venait... Nous entassâmes des chaises les unes sur les autres : le mur apparaissait avec son plâtre rose ; quelle merveille ! Nous plaçâmes sur une table l'échafaudage de chaises et pûmes décoller le papier jusqu'au plafond : plaisir sublime ! Enfin ma mère entra ; elle s'arrêta, contempla le désastre. Elle ne nous dit rien ; dans l'excès de son désespoir, elle versa seulement de grosses larmes silencieuses ; aucune réprimande n'eût produit sur moi pareil effet ; je me sauvai en hurlant de douleur : nous ne revîmes jamais l'oncle d'Issoire.

Oui, la vie était chose grave, puisqu'elle faisait pleurer les mères. Une autre fois, on nous coucha, mes sœurs et moi, dans une chambre, d'ordinaire inhabitée, où l'on avait attaché des grappes de raisin au plafond le long d'une ficelle. Dans leur sac de papier, les raisins se conserveraient ainsi tout l'hiver ; je pris un oreiller, le jetai en l'air, et je fis tomber une grappe ; une autre suivit ; puis une autre ; les grains jonchaient le sol, je frappais à coup de traversin, à tort et à travers ; bientôt toute la récolte joncha le parquet. Pour la première fois, je fus fouettée. Cette humiliation, je ne l'oublierai jamais.

— Ces gens-là vivent comme des saltimbanques, disait une tante.

— Coco tournera mal, répondait l'autre.

— Il faut la vendre aux bohémiens...

— Les orties... (les corrections familiales ne faisaient que me rendre plus sauvage, plus rétive).

Quand je vois combien un premier bonheur handicape les êtres, je ne regrette pas d'avoir été d'abord profondément malheureuse. Il faut être quelqu'un de vraiment très bien pour résister à une bonne éducation. Pour rien au monde je ne voudrais avoir eu un autre sort que le mien.

Je fus méchante, rageuse, voleuse, hypocrite, écouteuse aux portes. Je n'aimais manger que ce que je dérobais. À l'insu de mes tantes, j'allais en cachette me couper d'immenses tartines ; la cuisinière me disait : « Tu te vas trancher en deux » ; j'emportais mon pain aux cabinets, pour être libre. Les orgueilleux ne connaissent qu'un bien suprême : la liberté !

Mais pour être libre, il faut de l'argent. Je ne pensais plus qu'à l'argent qui ouvre la porte de la prison. Les catalogues que je lisais me donnaient des rêves fous de dépense. Je m'imaginais vêtue d'une robe de drap blanc ; je désirais une chambre laquée blanc, avec des rideaux blancs. Que ce blanc faisait contraste avec la maison noire où mes tantes m'enfermaient ! Peu avant son départ pour l'Amérique, mon

père m'apporte une robe de première commu-
nion, en mousseline blanche, avec une couronne de roses. Pour me punir de mon orgueil,
mes tantes me disaient : « Tu ne mettras pas ta
couronne de roses, tu porteras un bonnet. »
Quelle torture, venue s'ajouter à tant d'autres,
à la honte d'avoir dû confesser au prêtre que
j'avais dérobé deux cerises ! Être privée de couronne ! Ne pas porter la bannière, moi, la plus
grande !

Je me jetai au cou de mon père. « Emmène-
moi d'ici ! » « Va, ma pauvre Coco, tout s'ar-
rangera, je reviendrai, je te reprendrai… Nous
aurons encore une maison… » Ce furent ses
dernières paroles. Il ne revint pas. Je n'eus plus
jamais de toit paternel. Il m'écrivait parfois
d'avoir confiance, que ses affaires prospéraient.
Et puis ce fut tout : nous n'entendîmes plus jamais parler de lui.

À ce moment-là, je pensais souvent à mourir ; l'idée de causer un grand scandale, de
vexer mes tantes, de faire éclater aux yeux de
tous leur méchanceté me fascinait. Je rêvais
d'incendier la grange. Elles allaient me répétant
que j'étais, du côté de mon père, d'une famille

de rien du tout. « Tu lèverais moins haut la tête si tu savais que ta grand-mère était bergère », disaient-elles. En quoi elles se trompaient, car je trouvais ravissant d'avoir une aïeule à houlette, paissant des moutons enrubannés. (Jusqu'au jour récent où, durant l'Occupation, ma tante Adrienne de Nexon, fille de mes grands-parents, ayant eu à faire la preuve de son ascendance, nous découvrîmes ensemble que cette partie honteuse de ma famille, en dépit de la bergère, valait mieux que l'autre.)

Devant les étrangers, j'avais bonne tenue. Les gens du pays disaient : « La petite Coco a de l'éducation. » J'étais bien élevée, comme un chien est bien dressé. Mes folies, je les gardais pour moi, sauf une fois où je descendis l'escalier sur la rampe et allai atterrir en plein salon, parmi les invités. Me donnait-on un écu de cinq francs, je le gaspillais en cadeaux. « Tu mourras sur la paille », répétaient mes tantes.

Une autre de mes tantes, sœur de mon père, beaucoup plus jeune que les autres, venait parfois à la maison, ravissante, avec ses cheveux longs.

— Nous allons prendre le thé, disais-je.

— Le thé ? Où as-tu vu qu'on prend le thé ? me demandaient les autres tantes.

— Dans les journaux de mode. À Paris, on prend le thé ; que vous le vouliez ou non, c'est ainsi. C'est toute une cérémonie. On met la théière sous un *cosy* ; ça s'appelle ainsi. On invite ses amis ; on les attend devant un napperon en broderie anglaise.

— Coco, tu es idiote !

— Je veux du thé.

— Il n'y en a pas.

— Il y en a chez le pharmacien.

Lorsque j'avais mon thé, ma tante Adrienne disait :

— Jouons à la grande dame. Fort ou faible ?

— Je n'aime pas ça.

— Les grandes dames ne disent pas « je n'aime pas ça ».

— Qu'est-ce que tu appelles les grandes dames ?

— Ce sont « les milieux aristocratiques ».

— Qui nous y emmènerait ?

Nous vidions nos tasses. Je me hasardais à demander à ma tante Adrienne :

— À part les grandes dames, qui va dans les thés ?

— Les hommes élégants, ceux qui ne font rien ; ils sont beaucoup plus beaux que ceux qui travaillent.

— Ils ne font rien ?

— C'est à voir… Ils font mille choses.

— Adrienne, laisse cette enfant ; tu vas l'abrutir.

Mes tantes possédaient des pâturages, car elles avaient quelque bien ; des prés à l'herbe rase, mauvais pour le rendement en lait, mais fort goûtés des chevaux. Elles faisaient de l'élevage, élevage des plus primitifs, qui consistait à laisser les animaux paître librement. Elles vendaient à l'armée (qui, alors, parlait de l'infanterie !) leurs meilleurs produits. Indomptable comme nos poulains, je courais nos fermes, en compagnie de petits paysans. J'en enfourchais nos produits à poil (à seize ans, je n'avais ja-

mais vu de selle), j'attrapais nos meilleurs chevaux (ou ceux des autres, au hasard) par la
crinière ou la queue. Je volais toutes les carottes
de la maison pour les leur donner. Comme
j'aimais les tournées de beaux militaires, de
messieurs les officiers de la Remonte qui venaient voir notre élevage ! C'étaient de jolis
hussards ou des chasseurs au dolman bleu ciel
avec brandebourgs noirs, la pelisse sur l'épaule.
Ils arrivaient chaque année dans leur phaéton,
si bien attelé ; ils regardaient l'âge dans la bouche, caressaient les boulets pour voir s'ils n'avaient
pas eu le feu, claquant les flancs ; c'était grande
fête ; une fête où se mêlait pour moi pas mal
d'inquiétude : s'ils allaient m'enlever mes chevaux préférés ? Mais ils ne les choisissaient pas ;
ils s'en gardaient bien, car je les avais tellement
galopés sur les silex et les terrains durs pendant
qu'ils étaient au pré et déferrés, que leurs pieds
s'en ressentaient. Je vois encore l'officier entrant chez nous, après l'inspection, se chauffant
à l'âtre de la cuisine : « ces chevaux ont des sabots de vache, la sole perdue, la fourchette
pourrie ! » disait-il, en parlant de nos plus
beaux sujets. Je n'osai plus jeter les yeux sur

l'officier, mais il m'avait devinée ; dès que mes tantes avaient le dos tourné, il me soufflait à voix basse : « On galope sans fers, hein, petite coquine ! »

Ce n'est pas que j'aime les chevaux. Je n'ai jamais été comme les « gens de cheval » qui les pansent et les étrillent pour le plaisir, ou comme les Anglaises qui, dès qu'elles ont un moment, le passent à l'écurie. Mais il n'en est pas moins vrai que les chevaux ont décidé de ma vie. Voici comment.

Il arrivait que mes tantes m'envoyassent l'été à Vichy, chez mon grand-père, qui faisait une cure. J'étais si heureuse d'échapper au Mont-Dore, à la maison noire, aux travaux d'aiguille, à mon trousseau ; broder des initiales sur les torchons de mon futur ménage, des croix au point russe sur mes chemises de nuit, pour une hypothétique nuit de noces, me soulevait le cœur ; de fureur je crachais sur mon trousseau. J'avais seize ans. Je devenais jolie. J'avais une figure grosse comme le poing, perdue dans d'immenses cheveux noirs qui touchaient terre. Vichy ! Quelle merveille après le Mont-Dore ! Je n'étais plus sous l'œil de mes tantes ; combien je préférais le gouvernement patriarcal de mes grands-parents ! Je me promenais dehors, seule, toute la journée, j'allais devant moi, le nez au vent. Sortie de mes châtaigneraies, Vichy, c'était une féerie. En réalité une affreuse féerie, mais merveilleuse pour des yeux neufs. Je voyais enfin de près ces « baigneurs » qu'à Thiers on n'osait pas regarder derrière les persiennes closes ; on nous interdisait de contempler les dames en robes écossaises, ces « excentriques ». À Vichy, je pouvais me rassasier. Je me trouvais au cœur de la citadelle de l'extravagance. Une société cosmopolite, c'est un voyage sur place : Vichy était mon premier voyage. Vichy allait m'apprendre la vie. Aujourd'hui les jeunes filles savent tout ; nous, nous ne savions rien, rien, rien. Je ne le regrette pas.

De Compiègne à Pau

À Vichy, je regardais passer les dames, de vieilles dames, car il n'y avait que des vieux. (En 1910, les jeunes ne buvaient pas d'alcool et ne soignaient pas leur foie.) Mais je n'avouais pas ma déception. Tout m'enchantait, jusqu'aux verres gravés pour aller boire l'eau des sources. Partout on parlait « étranger » ; les langues étrangères me fascinaient ; on eût dit le mot de passe d'une grande société secrète.

Je regardais défiler les excentriques et je me disais : « Il existe dans le monde des choses dont je devrais être et dont je ne suis pas. » J'allais en être, et bien plus tôt que je ne pensais. Dans un thé où je fus emmenée par les miens, je fis connaissance d'un jeune homme, M. B. ; il possédait une écurie de courses.

— Comme vous avez de la chance, lui dis-je
avec une ferveur ingénue, d'avoir des chevaux
de course !

— Aimeriez-vous venir à l'entraînement,
Mademoiselle ?

— Quel rêve !

Nous prîmes rendez-vous pour le lendemain. Après l'Allier, au-delà de la passerelle, je
descendis dans les prés et me trouvai devant les
boxes. On respirait une bonne odeur d'eau re-
muée ; on entendait mugir le barrage. La ligne
droite, fraîchement coupée, s'étendait, parallèle
à la rivière ; sable, barrières blanches et, au fond,
les monts du Bourbonnais. Le soleil dorait la
côte de Ganat.

Les jockeys et les lads se suivaient, au pas,
genoux au menton.

— Quelle belle vie ! soupirai-je.

— C'est la mienne toute l'année, fit M. B.
J'habite Compiègne. Pourquoi ne serait-ce pas
aussi la vôtre ?

Je dis oui. Je ne devais plus jamais revoir le Mont-Dore. Je ne devais plus jamais revoir mes tantes.

Voilà mon enfance, l'enfance d'une orpheline, recueillie, d'une sans maison, d'une sans amour, d'une sans père ni mère. Ce fut affreux, mais je ne regrette rien. J'ai été ingrate envers les méchantes tantes : je leur dois tout, un enfant en révolte fait un être armé et très fort. (À onze ans j'avais beaucoup plus de force que maintenant.)

Ce sont les baisers, les caresses, les professeurs et les vitamines qui tuent les enfants et les préparent à être malheureux ou débiles. Ce sont de vilaines tantes qui en font des conquérants... Et qui développent chez eux des complexes d'infériorité. Moi, cela m'a donné le contraire : des complexes de supériorité. Sous la méchanceté, il y a la force, sous l'orgueil, il y a le goût de la réussite et la passion de la grandeur. Les enfants qui ont des professeurs apprennent. Moi, j'ai été autodidacte ; j'ai appris mal, au petit bonheur. Et pourtant, quand la vie m'a mise en contact avec ce qu'il y a de

plus exquis ou de plus génial dans mon époque, un Stravinsky, un Picasso, je ne me suis
sentie ni stupide, ni gênée, pourquoi ?

Parce que j'avais deviné seule ce qui ne s'apprend pas. J'y reviendrai souvent. Je veux, pour
le moment, finir sur cet aphorisme important,
qui est le secret de mon succès, et peut-être
celui de la civilisation ; en face des impitoyables techniques : *C'est avec ce qui ne s'apprend
pas qu'on réussit.*

J'avais fui. Mon grand-père me croyait retournée chez moi ; mes tantes me croyaient
chez mon grand-père. Il fallut bien s'apercevoir
un jour que je n'étais ni chez lui, ni chez elles.

J'habitais Compiègne où j'avais suivi M. B.
Je m'ennuyais beaucoup. Je pleurais sans cesse.
Je lui avais raconté tout un roman d'enfance
martyre ; il fallait bien le détromper. J'ai pleuré
un an. Les seuls bons moments, je les passais à
cheval, dans la forêt. J'ai appris à monter, car
jusque-là je n'avais pas la première notion de ce
qu'est l'équitation. Je ne fus jamais une écuyère,
mais je n'étais alors même pas une amazone. Le
conte de fées était fini. Je n'étais qu'une enfant

perdue. Je n'osais écrire à personne. M. B. avait peur des gendarmes. Ses amis lui disaient : « Coco est trop jeune, renvoie-la chez elle. » M. B. aurait été enchanté de me voir partir, mais je n'avais plus de chez moi. M. B. venait de lâcher une célèbre beauté de l'époque, Émilienne d'Alençon ; sa maison était pleine de photos d'elle. « Comme elle est jolie ! lui disais-je naïvement. Pourrai-je la connaître ? »

Il haussait les épaules, me répondait que c'était impossible. Je ne comprenais pas. M. B. avait peur des gendarmes et moi, j'avais peur des domestiques. J'avais menti à M. B. Je lui avais caché mon âge, affirmant que j'étais dans ma vingtième année : en réalité, j'avais seize ans.

Je me montrai aux courses de Compiègne. Je portais un canotier très enfoncé, un petit tailleur de province et je suivais consciemment les épreuves de ma lorgnette. J'étais persuadée que personne ne faisait attention à moi ; c'était mal connaître la province. En réalité cette petite sauvage absurde et mal vêtue, avec trois grosses nattes et un ruban dans les cheveux, intriguait tout le monde.

M. B. m'emmena à Pau. L'hiver doux des Basses-Pyrénées ; le bouillonnement du gave qui va descendre dans les Landes ; les prés si verts en toutes saisons ; les hautes banquettes irlandaises, les habits rouges sous la pluie, le plus fameux parcours d'Europe pour la chasse au renard…

Au loin j'apercevais le vieux château **à six** tours et les Pyrénées dont la neige tranchait sur le ciel bleu. Les chevaux de selle, les hunters, les demi-sang, les tarbais tournaient dès le matin autour de la place Royale. J'entends encore sur les pavés le bruit des sabots.

À Pau, je rencontrai un Anglais. Nous fîmes connaissance au cours d'une de nos randonnées ; nous vivions tous à cheval. Le premier qui ramassait une bûche payait aux autres le jurançon. C'était jeune, enivrant et aucunement banal. Le garçon était beau, très brun, séduisant. Il était plus que beau, magnifique. J'admirais sa nonchalance, ses yeux verts. Il montait de fiers chevaux et très fort. Je tombai amoureuse de lui. Je n'avais jamais aimé M. B. Entre cet Anglais et moi, il n'y eut pas une parole d'échange. Un jour j'appris qu'il quittait Pau.

— Vous partez ? demandai-je.

— Malheureusement oui, fit-il.

— À quelle heure ?

Le lendemain, j'étais à la gare. Je montai dans le train.

Arrivée à Paris

Le bel Anglais se nommait Boy Capel. Lui
non plus ne savait que faire de moi. Il m'amena
à Paris, m'installa dans un hôtel. Le jeune
M. B., désespéré, fut embarqué pour l'Argentine par sa famille.

M. B. et Capel avaient eu pitié de moi ; ils
me croyaient un pauvre moineau abandonné ;
en réalité, j'étais un fauve. J'apprenais peu à
peu la vie, je veux dire à me défendre contre
elle. J'étais très intelligente, bien plus qu'aujourd'hui. Je ne ressemblais à personne, ni au
physique, ni au moral. J'aimais la solitude,
j'adorais le beau, d'instinct, je détestais le joli.
Je disais toujours la vérité. J'avais un jugement
très sûr pour mon âge. Je devinais ce qui était
faux, convenu, mauvais. Paris me faisait une

peur épouvantable. Je ne sortais pas. Je ne savais rien du monde. J'ignorais les nuances sociales, les histoires de famille, les scandales, les allusions, tout ce que sait Paris et qui n'est écrit nulle part, et comme j'étais bien trop fière pour interroger, je restais dans l'ignorance.

Boy Capel, être d'une vaste culture, d'un caractère original, avait fini par me comprendre très bien.

— Elle a l'air futile, disait-il, mais elle ne l'est pas.

Il ne voulait pas que j'aie d'amis. Il ajoutait :

— Ils t'abîmeraient.

C'est le seul homme que j'ai aimé. Il est mort. Je ne l'ai jamais oublié. Il fut la grande chance de ma vie ; j'avais rencontré un être qui ne me démoralisait pas. Il avait une personnalité très forte, singulière, une nature ardente et concentrée ; il m'a formée, il a su développer en moi ce qui était unique, aux dépens du reste. À trente ans, à l'âge où les jeunes gens dilapident leur fortune, Boy Capel avait déjà fait la sienne, dans les frets charbonniers. Il possédait une écurie de polo. C'était un des lions de

Londres. Il fut pour moi mon père, mon frère, toute ma famille. Quand la guerre vint, il sut conquérir l'affection du vieux Clemenceau, qui ne jurait que par lui. Sa politesse était raffinée, ses succès mondains éclatants. Il ne se plaisait qu'en la compagnie de la petite brute provinciale, de l'enfant indisciplinée qui l'avait suivi. Nous ne sortions jamais ensemble (à cette époque, Paris avait encore des principes). Nous remettions les joies de la publicité sentimentale à plus tard, quand nous serions mariés. Pourtant, un jour, j'exigeai, par caprice, que Boy Capel se décommandât d'un grand gala au casino de Deauville et qu'il y vînt dîner seul, avec moi. Nous fûmes l'objet de tous les regards : mon entrée timide, ma gaucherie qui contrastait avec une merveilleuse et simple robe blanche, attirèrent l'attention. Les beautés de l'époque s'inquiétèrent, avec ce flair qu'ont les femmes pour toute menace inconnue ; elles oubliaient leurs lords et leurs maharajahs ; la place de Boy, à leur table, resta vide. Pauline de Laborde, Marthe Letellier ne me quittaient pas des yeux. L'une de ces célébrités élégantes, en me rappelant, bien des années après, ce dîner, que j'avais oublié, ajouta : « Vous m'avez donné ce soir-là un des plus grands chocs de ma vie. » « Comme je comprends que Boy nous ait abandonnées pour elle ! » dit, à ce dîner, une Anglaise dont l'objectivité ne fit que jeter l'huile sur le feu.

Mon succès date de ce soir-là ; ce fut d'abord un succès anglais. J'ai toujours réussi auprès des Anglais, je ne sais pourquoi. Les rapports de l'Angleterre et de la France ont passé par bien des épreuves, mais mes amis anglais me sont toujours restés fidèles. L'un d'eux m'avouait, il n'y a pas très longtemps : « J'aime à nouveau la France depuis que je vous connais. »

Les belles amies de Boy Capel lui disaient à l'envi : « Lâche cette femme. » Moi, qui avais peu de jalousie, je le poussais dans leurs bras ; elles n'y comprenaient rien et répétaient : « Lâche cette femme. » Il leur répondait, avec le grand naturel qui était le sien et qui étonnait dans une époque de poseurs : « Non. Demandez-moi plutôt de me couper une jambe. » Je lui étais nécessaire.

M. B. revint d'Argentine. Il m'apporta des citrons, d'ailleurs pourris, dans un sac.

— Où en es-tu avec ton Anglais ?

— J'en suis… où en sont les hommes et les femmes.

— C'est parfait. Continue.

Ce simple dialogue reproduit mal une situation fort compliquée. Aujourd'hui tout est facile. La vitesse règne sur la vie sentimentale, comme sur le reste. Mais, avant que la situation s'éclaircît, il y eut des pleurs, des disputes. Boy était Anglais, il comprenait mal ; tout s'embrouillait. Il était très moral. Je l'éloignais de ses amis, qui me détestaient. Eux vivaient avec des cocottes. Boy me cachait ; il se refusait à ce que je les fréquentasse. Je demandais pourquoi :

— Elles sont si jolies, disais-je.

— Oui, mais rien d'autre.

— Pourquoi ne viennent-elles jamais à la maison ?

— Parce que… tu n'es pas des leurs, tu ne ressembles à personne. Et puis parce que, quand nous nous marierons…

— Moi, je ne suis pas jolie…

— Bien sûr que tu n'es pas jolie, mais je n'ai rien de plus beau que toi.

Notre maison était pleine de fleurs, mais sous ce luxe, son caractère moral d'Anglais, et d'Anglais bien élevé, Boy Capel gardait sa rigidité. En me formant, il ne me ménageait pas ; il commentait ma conduite : « Tu as mal agi… tu as menti… tu as eu tort. » Il avait cette autorité douce des hommes qui connaissent bien les femmes, les aiment sans aveuglement.

Un jour, je dis à Boy Capel :

— Je vais travailler. Je veux faire des chapeaux.

— Parfait. Tu t'en tireras très bien. Tu mangeras beaucoup d'argent, mais peu importe, il faut t'occuper, c'est une excellente idée. Il faut avant tout que tu sois heureuse.

Les femmes que je voyais aux courses portaient sur la tête d'énormes tourtes, des monuments faits de plumes, enrichis de fruits, d'aigrettes ; mais surtout, ce qui me faisait horreur, leurs chapeaux ne leur entraient pas sur la tête. (J'ai dit que je portais les miens enfoncés jusqu'aux oreilles.)

Je louai un premier étage, rue Cambon. Je l'ai encore. Sur la porte, on lisait : *Chanel modes*. Capel mit à mes côtés une excellente femme, Madame Aubert, de son vrai nom Mademoiselle de Saint-Pons. Elle me conseilla, me guida. On commençait, dans les tribunes, à parler de mes étonnants, de mes singuliers chapeaux, si secs, si sévères, qui étaient comme une préfiguration de l'âge de fer qui allait venir, que rien encore n'annonçait. Les clientes arrivaient, d'abord poussées par la curiosité. Je reçus un jour la visite de l'une d'elles, qui m'avoua sans détours :

— Je suis venue… pour vous voir.

J'étais la bête curieuse, la petite femme dont le canotier tenait sur la tête, et dont la tête tenait sur les épaules.

Plus on cherchait à me voir et plus je me cachais. Cette habitude m'est toujours restée. Jamais je n'apparus dans les salons. Il fallait faire la conversation, ce qui m'épouvantait. Et je ne savais pas vendre ; je n'ai jamais su vendre. Quand une cliente insistait pour me voir, j'allais me cacher dans un placard.

— Allez-y, Angèle.

— Mais c'est vous qu'on veut voir, Mademoiselle.

Je rentrais sous terre. Je croyais tout le monde très intelligent, et moi, stupide.

— Mais où est-elle donc cette petite personne dont on m'a tant parlé ? insistait la cliente.

— Venez, Mademoiselle ! suppliait Angèle.

— Je ne peux pas. Si on trouve le chapeau trop cher, je sens que je le donnerai.

J'avais le pressentiment de cette vérité, mille fois constatée depuis : « Toute cliente vue est une cliente perdue. » Si j'étais rencontrée par surprise dans le magasin, alors je parlais, je parlais sans arrêt, par timidité ; la fuite dans le discours : combien de bavards, dont on plaisante l'assurance, ne sont au fond que des silencieux qui ont peur du silence.

J'étais d'une extrême naïveté. J'étais bien loin de deviner que j'intéressais les gens ; je ne savais pas que c'était moi qu'on regardait. Je ne voyais en moi qu'une petite provinciale, comme tant d'autres. Le temps des robes extravagantes dont j'avais rêvé, des robes portées par les héroïnes, n'était plus. Je n'avais même jamais eu ces uniformes de couvent, à pèlerine, embellis par les rubans du Saint Esprit, ou des Enfants de Marie, qui sont l'orgueil de l'enfance ; je ne pensais plus aux dentelles ; je savais que tout ce qui est riche ne m'allait pas. Je ne tenais qu'à mon manteau de peau de bique et à mes pauvres habits.

— Puisque tu y tiens tant, me disait Capel, je vais te faire refaire *en élégant*, chez un tailleur anglais, ce que tu portes toujours.

Toute la rue Cambon est sortie de là.

Boy Capel m'avait donné de quoi m'amuser ; je me suis tellement amusée que j'en oubliais l'amour. En réalité, il voulait me laisser toute la joie de vivre qui allait lui manquer.

— Dis-moi avec qui tu couches, cela m'amuse tellement ? lui disais-je. (Je ne sais quel mot j'employais alors, mais pas « coucher ». En 1913, on ne disait pas cela.)

Il riait :

— Tu crois que cela me facilite la vie ? Cela me la complique. Car tu n'as pas l'air de t'en douter, mais tu es une femme.

La rue Cambon

En Auvergne, mes tantes m'avaient répété toute mon enfance : « Tu n'auras pas d'argent... » « Tu seras bien heureuse si un fermier veut de toi. » Toute jeune, j'avais compris que sans argent on n'est rien, qu'avec de l'argent, on peut tout faire. Ou alors, il fallait dépendre d'un mari. Sans argent, je serais obligée de rester assise, à attendre qu'un monsieur vienne me chercher. Et s'il ne vous plaît pas ? Les autres filles se résignaient, moi pas. Je souffrais dans mon orgueil. C'était l'enfer. Et je me répétais : l'argent, c'est la clé des champs. Ces considérations sont banales en soi ; ce qui fait leur prix, c'est que j'en avais découvert la réalité à douze ans.

On commence par désirer l'argent. Ensuite on est pris par le goût du travail. Le travail a une saveur bien plus forte que l'argent. L'argent finit par n'être plus que le symbole de l'indépendance. Moi, il ne m'intéressait que parce qu'il flattait mon orgueil. Il ne s'agissait pas d'acheter des objets, je n'ai jamais eu envie de rien, que de tendresse, il me fallait acheter ma liberté, la payer n'importe quel prix.

En m'installant rue Cambon, j'ignorais tout des affaires, je ne savais pas ce que c'était qu'une banque, qu'un chèque. J'avais honte de mon ignorance de la vie, mais Boy Capel désirait que je restasse l'être primitif, intact, qu'il avait découvert. « Les affaires, ce sont les banques », voilà tout ce que j'obtenais comme réponse. Capel avait déposé des titres en garantie, pour me permettre de commencer, dans une banque dont il était un des *partners*, la Lloyd's Bank.

Un soir, il m'emmena dîner à Saint-Germain.

— Je gagne beaucoup d'argent, lui dis-je en chemin, dans ma jeune vanité. Les affaires vont à merveille. C'est très facile, je n'ai qu'à tirer des chèques.

Je n'avais alors aucune idée de ce qu'étaient les prix de revient, une comptabilité, etc. Le plus grand désordre régnait rue Cambon.

Je ne me souciais que de la forme des chapeaux, toute au plaisir enfantin de m'entendre appeler « Mademoiselle ».

— Oui. C'est très bien. Mais tu dois à la banque, répondit mon compagnon.

— Comment ? Je dois à la banque ? Mais puisque je gagne de l'argent ? Si je n'en gagnais pas, la banque ne m'en donnerait pas.

Capel se mit à rire, un peu sarcastiquement.

— La banque t'en donne parce que j'ai déposé des titres en garantie.

Mon cœur se mit à battre violemment.

— Veux-tu dire que cet argent que je dépense, je ne l'ai pas gagné ? Cet argent-là est à moi !

— Non. Il appartient à la banque.

Je sentais monter la colère, le désespoir. Arrivée à Saint-Germain, je marchai, marchai devant moi jusqu'à l'épuisement.

— Hier encore, la banque m'a téléphoné... que tu tirais un peu fort sur elle, ma chérie, mais ça n'a pas d'importance...

— La banque t'a téléphoné ? Et pourquoi pas à moi ? Alors je dépends de toi ?

J'avais le cœur serré. Impossible de dîner. J'exigeai de rentrer à Paris. Nous montâmes à notre appartement, avenue Gabriel. Je jetai les yeux sur les jolis objets que j'avais achetés avec ce que je croyais être mon bénéfice. Alors tout cela était payé par lui ! Je vivais à ses crochets ! Il y avait ce soir-là de l'orage dans l'air, mais en moi l'orage grondait bien plus fort. Je me pris à haïr cet homme bien élevé qui payait pour moi. Je lui jetai mon sac en pleine figure et m'enfuis.

— Coco !... tu es folle... disait Capel en me suivant.

Je marchais sous la pluie battante, sans savoir où j'allais.

— Coco... sois raisonnable.

Il courait après moi, m'avait rattrapée au coin de la rue Cambon. Nous ruisselions tous les deux. Je sanglotais.

Capel me ramena à la maison. L'orage avait cessé. La profonde blessure faite à mon orgueil me faisait moins souffrir. Nous allâmes souper très tard… Quelle journée ! Le lendemain, à la première heure, j'étais rue Cambon.

— Angèle, dis-je à ma première, je ne suis pas ici pour m'amuser, pour dépenser à tort et à travers. Je suis ici pour faire fortune. Dorénavant, personne n'engagera un centime sans ma permission.

— Tu es orgueilleuse, me dit Capel. Tu souffriras…

Un an plus tard, la garantie de Capel était devenue inutile ; il put retirer ses titres ; les bénéfices de la rue Cambon suffisaient à tout. L'orgueil est une bonne chose, mais ce jour-là, c'en fut fini de ma jeunesse inconsciente.

Un souvenir doit avoir une conclusion morale : c'est sa raison d'être, sinon il n'est que bavardage. C'est en travaillant qu'on arrive. La manne ne m'est pas tombée du ciel ; je l'ai pétrie de mes propres mains, pour me nourrir. « Tout ce que Coco touche, elle le change en or », disent mes amis. Le secret de cette réussite, c'est que j'ai terriblement travaillé. J'ai travaillé cinquante ans, autant et plus que n'importe qui. Rien ne remplace le travail, ni les titres, ni le culot, ni la chance.

Un jour, je rencontrai M. B.

— Il paraît que tu travailles ? me dit-il ironiquement. Capel ne peut donc pas t'entretenir ?

Pouvoir répondre à ces jeunes oisifs, à ces éleveurs de cocottes : « Je ne dois rien à personne », quelle joie ! J'étais mon maître, je ne dépendais que de moi. Boy Capel s'apercevait bien qu'il ne me tenait pas :

— Je croyais te donner un jouet, je t'ai donné la liberté, me dit-il un jour mélancoliquement.

1914. La guerre. Capel me força à me replier sur Deauville où il loua une villa pour ses ponies. Beaucoup de femmes élégantes avaient gagné Deauville. Il fallut non seulement les coiffer, mais bientôt, faute de couturier, les habiller. Je n'avais avec moi que des modistes ; je les transformai en couturières. L'étoffe manquait. Je taillai pour elles des jerseys dans des sweaters de lad, des tricots d'entraînement comme j'en portais moi-même. À la fin de ce premier été de guerre, j'avais gagné deux cent mille francs or, et... l'écurie avait détrôné le pesage !

Que savais-je de mon nouveau métier ? Rien. J'ignorais qu'il existât des couturières. Avais-je davantage conscience de la révolution que j'allais provoquer dans la toilette ? En aucune façon. Un monde finissait, un autre allait naître. Je me trouvais là ; une chance s'offrait, je la pris. J'avais l'âge de ce siècle nouveau : c'est donc à moi qu'il s'adressa pour son expression vestimentaire. Il fallait de la simplicité, du confort, de la netteté : je lui offrais tout cela ; à mon insu. Les vraies réussites sont fatales.

Le pesage d'avant 1914 ! Je ne me doutais pas, en allant aux courses, que j'assistais à la mort du luxe, au décès du dix-neuvième siècle, à la fin d'une époque. Époque magnifique, mais de décadence, derniers reflets d'un style baroque où l'ornement avait tué la ligne, où la surcharge avait étouffé l'architecture du corps, comme le parasite des forêts tropicales étouffe l'arbre. La femme n'était plus qu'un prétexte à richesses, à dentelles, à zibeline, à chinchilla, à matières trop précieuses. La complication des motifs, l'excès des dentelles, des broderies, des gazes, des volants, des surtaches avaient transformé la toilette en un monument d'art tardif et flamboyant. Les traînes balayaient la poussière, toutes les nuances de pastel décomposaient l'arc-en-ciel en mille teintes d'une délicatesse qui s'affadissait en mièvreries. Les ombrelles abritaient des jardins, des volières, des serres. Le rare était devenu le commun ; la richesse avait tout l'ordinaire de l'indigence.

J'y avais succombé, enfant, comme les autres. Au Mont-Dore, à quinze ans, on m'avait permis de me commander une robe, à ma fantaisie : elle était mauve, ma robe, mauve comme un mauvais roman de chez Lemerre, lacée par derrière comme si j'avais eu mille soubrettes, flanquée de bouquets de violettes de Parme artificielles, comme dans Rostand ; un col soutenu par deux baleines qui m'entraient dans le cou ; en bas, par derrière, une « balayeuse » pour traîner tous les cœurs après soi.

J'avais une idée fixe en me commandant cette robe : ressembler à la dame-à-la-main-de-métal. C'était une dame des environs. Elle était pauvre, parlait peu (en ma province on parle peu), s'habillait pour elle-même de robes extra-ordinaires, poussée par quelque narcissisme re-foulé, par quelque bovarysme inavoué. Elle portait des robes collantes qui me laissaient dans l'admiration ; là où je restais bouche bée, c'est qu'elle avait une main mécanique, une sorte de pince de métal en forme de main, pour tenir sa traîne et la relever, comme l'em-brasse d'un rideau. Elle disait modestement que c'était par économie, moi j'y voyais le comble de l'élégance. Jamais je n'osai lui em-prunter cette main mécanique, qui ressemblait à une pince à asperges, mais je m'étais promis d'avoir une traîne, comme elle. La mienne était si longue que je la portais sur le bras ; comme j'étais élégante ! J'irai, ainsi vêtue à la messe ; moi aussi, je ferai froufrou ; j'étonnerai tout le monde… Je m'habillai, descendis. Le résultat fut celui que l'on devine : « Et maintenant, me disent mes tantes, remonte t'habiller pour aller à la messe. » Effroyable condamnation ! Je

pleurai pendant l'office divin ; je demandai à
Dieu de me faire mourir.

Ce premier échec, ce fut aussi la première
leçon de tact, de bon goût que me donna la
province. Indirectement, ce sont mes tantes
auvergnates qui ont imposé leur modestie aux
belles Parisiennes. Des années ont passé, et seulement aujourd'hui je comprends que l'austé-
rité des teintes sombres, le respect des couleurs
empruntées à la nature ambiante, la coupe
presque monacale de mes vêtements d'été en
alpaga, de mes habits d'hiver en cheviot, que
tout ce puritanisme dont les élégantes allaient
raffoler, venait du Mont-Dore. Si je portais
mes chapeaux enfoncés sur ma tête, c'est que le
vent auvergnat risquait de me décoiffer. J'étais
une quakeresse qui conquérait Paris, comme la
bure genevoise ou américaine avait conquis
Versailles, cent cinquante ans plus tôt.

1914, c'était encore 1900, et 1900 c'était
encore le Second Empire, avec ses ivresses d'argent facile, ses façons de vagabonder d'un style
à l'autre, de prendre romantiquement son ins-

piration à tous les pays et à toutes les époques, faute de trouver un moyen de s'exprimer honnêtement, car la tenue esthétique n'est jamais que la traduction extérieure d'une honnêteté morale, d'une authenticité des sentiments.

Voilà pourquoi je suis née, voilà pourquoi j'ai duré, voilà pourquoi le tailleur que je portais aux courses de 1913 est encore portable en 1946, parce que les nouvelles conditions sociales sont encore celles qui me le faisaient revêtir.

Voilà pourquoi la rue Cambon a été pendant trente années le centre du goût. J'avais retrouvé l'honnêteté et, à mon image, j'avais rendu la mode honnête.

En 1914, il n'y avait pas de robes de sport. Les femmes assistaient aux sports comme les dames à hennin assistaient aux tournois. Elles étaient ceinturées très bas, entravées aux hanches, aux jambes, partout... Comme elles mangeaient trop, elles étaient fortes, et comme elles étaient fortes et ne voulaient pas l'être, elles se comprimaient. Le corset faisait remonter la graisse dans la poitrine, la cachait sous les robes. En inventant le jersey, je libérai le corps, j'abandonnai la taille (que je ne repris qu'en 1930), je figurai une silhouette neuve ; pour s'y conformer, la guerre aidant, toutes mes clientes devinrent maigres, « maigre comme Coco ». Les femmes venaient chez moi acheter de la minceur. « Chez Coco, on est jeune, faites comme elle », disaient-elles à leurs fournisseurs. À la grande indignation des couturiers, je raccourcis les robes. Le jersey ne servait alors qu'aux dessous ; je lui fis les honneurs de la surface.

En 1917, je tailladai mes épais cheveux ; je commençai à les rogner petit à petit. Finalement, je les portai courts.

— Pourquoi coupez-vous vos cheveux ?
— Parce qu'ils m'embêtent.

Et tout le monde de s'extasier, de dire que je ressemblais « à un jeune garçon, à un petit pâtre ». (Cela commençait à devenir un compliment, pour une femme.)

J'avais décidé de remplacer les fourrures riches par les pelages les plus indigents. Le chinchilla n'arrivait plus du Sud Amérique, la zibeline de la Russie des tzars. J'utilisai le lapin. J'ai fait ainsi la fortune des pauvres, des petits commerçants ; les gros ne me l'ont jamais pardonné.

— Coco réussit parce qu'il n'y a plus de grandes soirées, disaient les plus fameux couturiers d'avant 1914, mais une robe du soir...

Une robe du soir, c'est ce qu'il y a de plus facile. Le jersey, c'est autre chose ! Je condamnai les tissus riches, comme Lycurgue. Une belle étoffe, c'est beau en soi, mais plus une robe est riche, plus elle devient pauvre. On confondait la misère et le dépouillement. (Il vaut mieux d'ailleurs choisir d'être dépouillé par soi-même que par autrui.)

Les grands couturiers, après 1920, essayèrent de lutter. Je me rappelle avoir regardé, vers cette époque, la salle de l'Opéra, du fond d'une loge. Tout ce bariolage renaissant me choquait ; ces rouges, ces verts, ces bleus électriques, toute la palette Rimsky-Korsakov et Gustave Moreau, remise à la mode par Poiret, me causait des nausées. Les ballets russes, c'est de la décoration scénique, ce n'est pas de la

couture. Je me rappelle fort bien avoir dit alors
à quelqu'un qui se trouvait à mes côtés :

— Ces couleurs sont impossibles. Ces femmes, je vais les f... en noir.

J'ai donc imposé le noir ; il règne encore, car
le noir flanque tout par terre. Je tolérais autrefois les couleurs, mais les traitais par masses
monochromes. Le Français n'a pas le sens des
masses ; ce qui fait la beauté d'une *herbacious
border*, dans un jardin anglais, c'est la masse ;
un bégonia, une marguerite, un pied d'alouette,
isolés, n'ont rien de sublime, mais sur vingt
pieds d'épaisseur, cette unité florale devient
magnifique.

— Cela ôte toute originalité à une femme !

Erreur : les femmes gardaient leur beauté in-
dividuelle en participant à un ensemble. Prenez
une figurante de music-hall ; isolez-la : c'est un
pantin affreux ; remettez-la dans le rang : non
seulement elle reprend toutes ses qualités, mais,
par comparaison avec ses voisines, sa personnalité ressort.

Les tweeds, je les fis venir d'Écosse ; les *ho-
mespuns* détrônèrent les crêpes et les mousseli-

nes. J'obtins qu'on lavât moins les laines, pour leur laisser leur moelleux ; en France, on lave trop. Je demandai aux maisons de gros des couleurs naturelles ; je voulais conformer la femme à la nature, obéir au mimétisme des animaux. Une robe verte sur une pelouse est parfaitement admissible. J'allai chez Rodier : il me montra avec orgueil une gamme de vingt-cinq gris différents. Comment une cliente aurait-elle pu se décider ? Elle s'en remettait à son mari, qui avait autre chose à faire, la dame retardait sa commande, les vendeurs perdaient leur temps ; une fois la robe coupée, on changeait d'avis, etc. Je n'ai vraiment eu qu'à me louer d'avoir simplifié la palette.

Arrêtons-nous. Je ne bavarde pas pour exposer des vérités devenues truismes. Tout cela est archi-connu, et dépassé. Pendant un quart de siècle, les journaux de mode et les revues ont été pleins de mes méthodes de travail : comment je m'attaque au mannequin vivant, alors que les autres dessinent, font des poupées ou des maquettes. (Mes ciseaux ne sont pas ceux de Praxitèle, mais tout de même, je sculpte mon modèle plus que je ne le dessine.) Com-

ment mes mannequins sont toujours les mêmes, à ce point que leurs visages et leurs corps
me sont plus familiers que les miens. Comment, du plus simple tailleur jusqu'à la robe la
plus habillée, tout ce qui sort de mes ateliers
semble l'œuvre de la même main.

Si j'écrivais un ouvrage technique, je vous
dirais : « Une robe bien faite va à tout le
monde. » Ceci posé, aucune femme n'a le même
tour de bras ; l'épaule n'est jamais placée de la
même façon… tout est dans l'épaule ; si une
robe ne tient pas à l'épaule, elle ne tiendra jamais… Le devant ne bouge pas, c'est le dos qui
travaille. Une femme grosse a toujours un dos
étroit, une femme mince a toujours le dos
large ; il faut que le dos ait du jeu, au moins
dix centimètres ; il faut pouvoir se baisser,
jouer au golf, mettre ses chaussures. Il faut
donc prendre les mesures de la cliente ayant les
bras croisés…

Toute l'articulation du corps est dans le
dos ; *tous les gestes partent du dos ;* aussi faut-il
faire entrer le plus d'étoffe possible… Un vête-

ment doit bouger sur le corps ; un vêtement doit être ajusté quand on est immobile, et trop grand quand on bouge. Il ne faut pas craindre les plis : un pli est toujours beau s'il est utile… Toutes les femmes ne sont pas Vénus ; cependant il ne faut rien cacher, ce qu'on cherche à disimuler ne fait qu'apparaître davantage… Ce n'est pas en allongeant une robe qu'on effacera de méchantes jambes… Sur le mannequin, je pense d'abord à la forme en toile ; le choix de l'étoffe viendra plus tard ; une toile bien mise au point, c'est plus joli que n'importe quoi…

L'art de la couture, c'est de savoir mettre en valeur : monter la taille par devant pour faire paraître la femme plus grande ; abaisser par derrière pour éviter les derrières bas (le derrière « en goutte d'huile » est, hélas, trop fréquent !). Il faut couper la robe plus longue derrière parce qu'elle remonte.

Tout ce qui allonge le cou est joli…

Je pourrais continuer ainsi pendant des heures et des heures ; cela n'intéresserait que peu de monde, et d'ailleurs ces vérités premières sont connues de tous les spécialistes, et mille *Marie Claire* les ont diffusées dans les plus humbles chaumières ; quant à l'Amérique, je suis stupéfaite de voir, quand j'y vais, qu'on y sait tout : en quelle année j'ai commencé les robes longues et en quelle année je les ai raccourcies. Je n'ai pas à expliquer mes œuvres ; elles se sont expliquées d'elles-mêmes.

Voilà, en deux mots, pourquoi je ne vous dirai pas comment on fait une robe : je n'ai jamais été une couturière. J'admire infiniment qu'on sache coudre : moi, je n'ai jamais su ; je me pique les doigts ; d'ailleurs aujourd'hui, tout le monde sait faire des robes. Des messieurs ravissants, et qui ont échoué à Polytechnique, savent en faire. De vieilles dames branlantes savent en faire ; elles ont tenu l'aiguille toute leur vie ; ce sont des personnages éminemment sympathiques.

Moi, je suis tout le contraire. Je suis une personne odieuse et j'espère que ces propos sincères seront goûtés.

Boy Capel et moi habitions avenue Gabriel, un appartement ravissant. La première fois que je vis un paravent de Coromandel, je m'écriai :

— Comme c'est beau !

Je n'avais jamais dit cela d'aucun objet.

— Vous qui êtes une personne si artistique…
me confiait dans un dîner un vieux monsieur
inconnu.

— Je ne suis pas une personne artistique.

— Alors, répondit-il, en louchant avec inquiétude du côté de mon carton, vous n'êtes pas
Mlle Chanel.

— Non, je ne la suis pas, répliquai-je, pour
simplifier.

J'ai eu vingt et un paravents de Coromandel.
Ils jouent le rôle des tapisseries au Moyen Âge ;
ils permettent de reconstituer sa maison partout.
Bérard me disait :

— Vous êtes la personne la plus excentrique
qui soit.

Mais Cocteau, qui me connaît mieux :

— Je n'ose pas dire aux gens comment tu vis,
te levant à sept heures, toujours couchée à neuf,
on ne le croirait jamais. Et tu ne tiens à rien !

Je n'aime l'excentricité que chez les autres.

Je fis teindre les premiers tapis beiges. Cela me rappelait la terre battue. Tous les ameublements tournèrent aussitôt au beige. Jusqu'au jour où les « ensembliers » demandèrent grâce.

— Essayez du satin blanc, leur dis-je.

— Quelle bonne idée !

Et la neige ensevelit leurs ensembles, comme devait le faire d'innocence candide et de satin blanc, la boutique de Mrs Somerset Maugham, à Londres. Laques, bleus et blancs de Chine, papiers de riz à grands dessins, argenteries anglaises, fleurs blanches dans les vases.

Je n'ai pas oublié non plus l'étonnement d'Henry Bernstein, la première fois qu'il entra avenue Gabriel :

— Comme c'est beau ici !

(Depuis lors, la main délicate d'Antoinette Bernstein a fait passer sur la scène cet art décoratif nouveau qui, du Gymnase et des Ambassadeurs, a gagné bien des cinquièmes étages.)

L'excentricité se mourait ; j'espère d'ailleurs avoir aidé à la tuer. Paul Poiret, couturier de grande invention, costumait les femmes. Le déjeuner le plus intime devenait un bal Chabrillan, le thé le plus modeste offrait le spectacle d'un Bagdad des califes. Les dernières courtisanes, admirables créatures, et qui ont tant fait pour la gloire de nos arts, Canada, Forsane, Marie-Louise Herouet, Madame Iribe, passaient au son du tango, dans des robes clochettes, flanquées de lévriers et de guépards. C'était ravissant, mais facile. (Le Schéhérazade, c'est très facile ; une petite robe noire, c'est très difficile.) Il faut se méfier de l'originalité : en couture, on tombe aussitôt dans le déguisement et en décoration, on verse dans le décor. Cette princesse, si contente de son écharpe verte où sont gravés les signes du zodiaque, n'étonnera que les ignorants ; tout paradoxal que cela paraisse, il faut dire que l'extravagance tue la personnalité. Tous les superlatifs rabaissent. Un Américain m'enchanta par cet éloge :

— Avoir dépensé tant d'argent sans que cela se voie !

J'achetais surtout des livres ; pour les lire.
Les livres ont été mes meilleurs amis. Autant la
radio est une boîte à mensonges, autant chaque
livre est un trésor. Le plus mauvais livre a toujours quelque chose à vous dire, quelque chose
de vrai. Les romans les plus stupides sont des
monuments d'expérience humaine. J'ai vu
beaucoup de gens très intelligents et de haute
culture ; ils ont été étonnés de ce que je savais ;
ils l'eussent été bien plus encore si je leur avais
dit que j'avais appris la vie dans les romans. Si
j'avais des filles, je leur donnerais, pour toute
instruction, des romans. On y trouve écrites les
grandes lois non écrites qui régissent l'homme.
Dans ma province on ne parlait pas ; on n'en-
seignait pas par tradition orale. Depuis les romans feuilletons, lus dans le grenier, à la lueur
d'une bougie volée à la bonne, jusqu'à ceux des
plus grands classiques, tous les romans sont de
la réalité habillée en rêve. Enfant, je lisais d'instinct les catalogues comme des romans : les romans ne sont pas autre chose que de grands
catalogues.

— Je ne te fais jamais de cadeaux, me dit Boy Capel.

— C'est vrai.

Le lendemain, j'ouvris l'écrin qu'il m'envoya : il contenait un diadème. Je n'avais jamais vu de diadème. Je ne savais pas où cela se mettait. Devrais-je le porter au cou ? Angèle me dit : « Cela se pose sur la tête ; c'est pour l'Opéra. »

Je voulus aller à l'Opéra, comme un enfant exige le Châtelet. J'appris aussi que les hommes envoient des fleurs.

— Tu pourrais m'envoyer des fleurs, dis-je à Capel.

Une demi-heure plus tard, je reçus un bouquet. J'étais ravie. Une demi-heure plus tard, second bouquet. J'étais satisfaite. Une demi-heure plus tard, nouveau bouquet. Cela devenait monotone. De demi-heure en demi-heure, les bouquets se succédèrent ainsi pendant deux jours. Boy Capel voulait me dresser. Je compris la leçon. Il me dressait au bonheur.

Nos jours heureux s'écoulèrent ainsi, avenue Gabriel. Je ne sortais presque jamais. Je m'ha-

billais le soir pour faire plaisir à Capel, sachant bien qu'il y aurait bientôt un moment
où il dirait : « Au fond, pourquoi sortir, on
est bien ici. » Il m'aimait dans mon cadre et
moi, j'ai un côté femme de harem qui s'ac-
commodait fort bien de cette réclusion.

Le monde extérieur m'apparaissait comme
irréel ; je ne prenais aucunement le pli de m'y
mouvoir ; comme les enfants, je n'avais
aucune notion de perspective sociale ; le tableau mental que je me faisais de Paris ressemblait, par sa gaucherie, à un panneau du
quinzième siècle. Un jour, par exemple, j'allai
à la Chambre ; j'étais à la tribune diplomatique, aux places réservées à l'ambassade d'Angleterre. Un jeune orateur, d'un ton tranchant,
ironique et fort discourtois, prenait à partie
Clemenceau. Mes réactions furent celles des
habitués du poulailler devant la tirade du traî-
tre ; je m'écriai à haute voix : « Quelle honte
d'insulter ainsi le sauveur de la patrie ! » Ru-
meurs, visages tournés vers moi, irruption de
l'huisssier, etc.

Capel apportait chez Clemenceau, où il avait libre accès, la tournure d'esprit d'un homme d'affaires qui ne s'embarrasse ni de précédents ni de hiérarchie. Il apportait des solutions simples et de bons conseils pratiques, pas toujours suivis. Clemenceau se prit pour lui d'une de ces toquades de vieillard qui n'a pas le temps d'attendre ; il ne pouvait plus se passer de lui, le supplia d'accepter le poste d'attaché militaire à Paris qu'il obtiendrait sans peine du gouvernement anglais. Capel, qui ne voulait pas se brouiller avec Spears, refusa.

À la paix (à cette époque-là la paix succédait à la guerre), Capel fut tué dans un accident d'auto. Je ne romancerai pas ce souvenir... Cette mort fut pour moi un coup terrible. Je perdais tout en perdant Capel. « Il était beaucoup trop bien pour rester parmi nous », écrivait Clemenceau. Boy était un esprit rare, un caractère singulier, un jeune homme qui avait l'expérience d'un quinquagénaire, une autorité douce et joueuse, une sévérité ironique qui charmait et domptait. Très sérieux sous son dandysme, autrement cultivé que les joueurs de polo ou les brasseurs d'affaires, avec une vie intérieure profonde qui se prolongeait sur des plans magiques, théosophiques. Il a beaucoup écrit, sans rien publier ; écrits souvent prophétiques ; il avait prévu que la guerre de 1914 n'était que le prélude d'un autre grand conflit, bien plus atroce. Il laissa en moi un vide que les années n'ont pas comblé. J'avais l'impression que, de par l'au-delà, il continuait à me protéger… Un jour, à Paris, je reçus la visite d'un Hindou inconnu.

— J'ai pour vous un message, Mademoiselle. Un message de qui vous savez… Cette personne vit dans la joie, dans un monde où rien ne peut plus l'atteindre. Recevez ce message dont je suis porteur, et dont vous comprendrez certainement le sens.

Et l'Hindou me communiqua le message mystérieux ; c'était un secret que personne au monde, sauf Capel et moi, n'eût pu connaître.

Ce qui suivit ne fut pas une vie heureuse, je dois le dire, même si cela étonne. Quelle personne étais-je alors ? Après des journées de travail, rue Cambon, je ne pensais qu'à rester chez moi, semblable en cela à beaucoup de Parisiens occupés, trop occupés pour sortir le soir. (C'est là une chose qui étonne les provinciaux, les étrangers, les Américains surtout : beaucoup de Français ne vivent pas dans la rue ou au café ; ils demeurent à la maison.)

Si j'ai su rendre autour de moi les gens heureux, je n'ai pas pour moi-même le sens du bonheur. Le scandale me dérange. J'ai diverses sortes du pruderie. De même que je n'arrive pas à sortir de chez moi, je n'aime pas qu'on dérange mon monologue, je n'aime pas sortir de mes idées. J'ai détesté qu'on mette de l'ordre dans mon désordre, ou dans mon esprit. L'ordre est un phénomène subjectif. Je déteste aussi les conseils, non parce que je suis têtue, mais au contraire parce que je suis influençable. D'ailleurs les gens ne vous donnent que des jouets, des médecines ou des conseils qui sont bons pour eux. Je n'aime pas non plus m'attacher, car dès que je tiens quelqu'un, je suis lâche (c'est ma façon d'être bonne) ; or la lâcheté me déplaît. Comme dit Colette, si profondément, en citant Sido : « L'amour n'est pas un sentiment honorable. » J'adore critiquer ; le jour où je ne critiquerai plus, la vie pour moi sera finie.

Les autres ont vécu leur jeunesse. La mienne fut un rêve. Mieux eût valu, sans doute, la réalité ? Mais la solitude me réussit. Je cesse de gagner au jeu dès qu'un monsieur s'approche et me dit à l'oreille :

— Puis-je mettre mille francs derrière vous ?

En ce cas, je sais que j'ai perdu d'avance.

Je déteste qu'on me mette la main dessus, comme les chats. Je prends droit la route que je me suis tracée, même quand elle m'ennuie ; j'en suis l'esclave, parce que je l'ai librement choisie. Ayant la fragilité de l'acier, je n'ai jamais failli une heure à mon travail, jamais été malade ; j'échappai à divers grands médecins qui m'annoncèrent différentes maladies mortelles que j'omis de soigner. Depuis l'âge de treize ans, je n'ai plus songé à me suicider.

J'ai fait des robes. J'aurais pu faire bien autre chose. Ce fut un hasard. Je n'aimais pas les robes, mais le travail. Je lui ai tout sacrifié, même l'amour. Le travail a mangé ma vie.

Peu à peu, plutôt que d'être entourée d'amis, j'ai trouvé plus commode de m'entourer de familiers à qui je puis dire librement : « Allez-vous en. »

Je ne donnai mon temps qu'au travail. M. A. me dit un jour, vexé :

— Vous me détestez.

Je lui répondis :

— À quelle heure croyez-vous que j'en ai le temps ?

Car les gens pensent à tout, imaginent toutes les hypothèses, sauf une : qu'on travaille et qu'on les ignore.

Voyage en Italie

C'est peu après la mort de Boy Capel que je fis connaissance du ménage Sert ; c'est-à-dire de Misia, née Godebska, polonaise, et de José Maria Sert, catalan. Nous fûmes les uns pour les autres des jouets nouveaux... Les Sert furent émus de voir une jeune femme qui pleurait toutes les larmes de son corps. Ils étaient en Italie ; ils renoncèrent à Venise, leur fief, où je ne voulais pas aller, modifièrent pour moi leur itinéraire, et m'emmenèrent en auto.

Ainsi commencèrent des relations étroites qui devaient durer jusqu'à la mort de Sert, avec tous les remous que peut provoquer la rencontre de caractères aussi tranchés que les nôtres. J'essaierai d'en décrire, au cours de ces souvenirs, la courbe sinueuse, ou plus exactement les zigzags, car il y eut bien des angles droits...

J'allai un jour demander à saint Antoine de Padoue de ne plus pleurer. Je me vois encore dans l'église, devant la statue du saint, à gauche, parmi les beaux sarcophages d'amiraux vénitiens. Un homme devant moi, laissait reposer son front contre la dalle ; c'était une figure si triste et si belle, il y avait en lui tant de rigidité et de douleur, ce front épuisé touchait le sol avec une telle lassitude que le miracle se produisit en moi. « Je suis une loque, me dis-je ; quelle honte ! Comment oserai-je comparer mon chagrin d'enfant perdu, pour qui la vie commence à peine, à celui de cette détresse ? »

Une énergie nouvelle m'envahit aussitôt. Je repris courage, décidée à vivre.

Môsieur Sert était une personnalité, *a character*, bien plus grande que sa peinture. Il était fastueux et immoral comme un homme de la Renaissance. Il adorait l'argent, tout en en étant prodigue. « Avouez que Sert rend tout assez

fade », me disait Misia ; c'était vrai. C'était le
compagnon de voyage idéal ; toujours de bonne
humeur, cicerone d'une érudition baroque et
prodigieuse. Chaque parcelle de son savoir tenait
sur l'autre en équilibre, comme ses vertigineuses
fantaisies picturales. Ce gros singe velu, avec sa
barbe teinte, sa bosse dans le dos, ses lunettes
d'écaille immenses — de véritables roues —,
aimait le colossal en tout. Il couchait dans un
pyjama noir, ne se lavait jamais et, même nu,
paraissait vêtu d'une pelisse, tant il était velu ; ce
n'était même plus indécent. Il avait du poil partout, sauf sur la tête. Il m'emmenait à travers les
musées, comme un faune à travers une forêt fa-
milière, expliquait tout à mon ignorance atten-
tive, se plaisait à faire mon éducation, me
trouvait un goût naturel qu'il préférait à sa
science. Nous faisions d'immenses détours de
cent kilomètres à la recherche de quelque *osteria*
où l'on mangeait des oiseaux roulés dans des
feuilles de vigne ; des Uccello aux *uccelli ;* Sert
qui, autrefois, avait couru l'Italie à pied, à âne,
de toutes les façons, affirmait qu'il se rappelait
fort bien l'endroit. Il dépliait des cartes. Finalement, l'auberge restait introuvable.

— Toche (ainsi appelait-il Misia), nous nous sommes trompés ; il fallait prendre à droite. Retournons !

On se perdait encore. Alors on achetait un cochon, qu'on emportait dans la voiture et qu'on faisait rôtir sur le bas-côté de la route.

Ses erreurs le ravissaient. L'imprévu l'enchantait. Très sobre, flanqué de deux femmes qui mangeaient peu, Sert, par faste naturel, commandait des vins rares, des menus qui faisaient ressembler notre table à une peinture de Véronèse ou du Parmesan. Sert prenait dans sa poche intérieure des billets de mille froissés. Que faisait-il de la monnaie, c'est pour moi resté un mystère ; je ne lui en vis jamais. Impossible de payer l'addition :

— Ce dîner est à môa, Madmachelle ! disait-il, avec sa prononciation espagnole qui transformait dans sa barbe la langue française en une bouillie incompréhensible.

— Ne commandez plus rien, je ne le mangerai pas, Monsieur.

— Vous le mancherez pas, mais che commanderai encore trois sabayons au marasquin, Madmachelle ! Que vous le vouliez ou non !

Jojo savait tout, le catalogue des tableaux de
Boltraffion, les itinéraires d'Antonello de Mes-
sine, la vie des saints, ce que Dürer avait gravé
à quatorze ans, les prix que les « cent florins »
avec marges sur papier de Chine avaient fait à
la vente de la collection Hibbert, l'art des ma-
rouflages et des rentoilages, quels vernis employait Annibal Carrache ; il pouvait disserter
des heures sur l'emploi de la laque de garance
chez Tintoret.

Il laissait, sournoisement, des avances sur
tous les objets dont il était fou et qu'il voulait
m'empêcher d'acheter. Sa voiture était pleine
de valises, de toiles, de *capodimonte*, d'oranges,
d'ouvrages illustrés italiens du dix-huitième et
de crèches miniatures.

J'ai voyagé avec les deux ménages Sert
(d'abord Misia, puis après qu'il eut divorcé,
avec Russy Mdivani) ; deux épouses successives
et bien différentes ; mais Jojo ou Maidi, sur-
nom simiesque que lui donnait la seconde, fut
toujours un compagnon incomparable. Sert
n'était pas un petit monsieur ; les potins ne
l'intéressaient pas ; il ne vivait que pour expri-

mer une personnalité que ses œuvres titanesques, colossales, truculentes et rococo ne traduisaient pas entièrement. Il n'aimait que le colossal, les kilomètres de fresques, les palais à envahir d'un industrieux et futile pinceau ; très avide de commandes, fort habile à les provoquer, recommençant trois fois, comme à Vich, une cathédrale dont la décoration ne le satisfaisait pas. Il se jetait sur la vie avec une gloutonnerie qui n'excluait pas le raffinement.

Nous arrivâmes à Rome anéantis de fatigue, et il nous fallait la visiter, au clair de lune, jusqu'à épuisement. Au Colisée, il rappelait les évocations de Thomas de Quincey, il disait des choses merveilleuses sur l'architecture, sur les fêtes qu'on pourrait encore donner dans ces ruines.

— Che voà une décorationne de ballons captifs tout en or, Madmachelle, quelque chose d'aérien, par oppochichion avec la rigueur de l'ârchitechtûre... L'ârchitechtûre, c'est l'esquélette des villes. L'esquélette, Madmachelle, tout est là ; un visage sans os ne dure pas : ainchi voû, Madmachelle, vous ferez une très belle morte...

Sert était un gnome énorme qui portait dans sa bosse, comme dans une hotte magique, de l'or et des ordures, un extrême mauvais goût, un discernement exquis, le précieux et le dégoûtant, le diamant et le caca, la bonté et le sadisme (Cocteau prétendait qu'il coupait le bec des cigognes), le pour et le contre (« Sert oui, Sert non » disait encore Cocteau). Qualités et défauts à une vertigineuse échelle. Je me rappelle qu'avec Sert, nous jouions à « qu'est-ce-qu'on-achèterait-si-on-gagnait-le-gros-lot » ; et Sert, amateur d'impossible, disait :

— Je commanderais à Sert... une miniature.

Impossible aussi de parler à Môsieur **Sert de** sa peinture. Ces gigantesques échafaudages, le labeur de ses praticiens (car il s'en tenait personnellement aux maquettes), l'excès des ors et des argents qui n'arrivaient pas à voiler une pauvreté organique, ces cascades de confiture de groseille, ces muscles soufflés, ces contorsions démentes des personnages, ces émeutes de la forme, me laissaient confondue et les éloges me restaient dans la gorge.

— Je sens que tu détestes ça, mais fais qu'il
ne s'en aperçoive pas, me soufflait Misia.

— Madmachelle, Picasso ne sait pas dessiner... Ne buvez pas ce vin d'Orvieto, il ne
coûte que trois lires... Restez-en à ce château-
yquem 1893 ; chentez cette chève, che bouquet !
Les seigneurs d'Yquem (qui comptent Montai-
gne dans leur ancêtres) ont vendu le vignoble
en 1785 aux marquis de Lur-Saluces (qui comptent dans leurs ancêtres le mari de la douce Gré-
silidis, celle que tenta le diable). À propos de
diable, je vous montrerai le Satan de Leonardo
da Pistoia ; c'est un Satan femelle, Madmachelle ; Diornède Carafa, évêque d'Ariano, fit
reproduire par l'artiste, sous les traits de Satan,
sa maîtresse...

Ainsi son érudition enchaînait des propos
sans fin.

Les Catalans sont toujours en mauvais ter-
mes avec le gouvernement de Madrid, quel
qu'il soit. Au contraire, le Catalan Sert était
toujours au mieux avec les autorités, quelles
qu'elles fussent. Il roulait dans des voitures

C. D., arborait sur ses maisons tantôt les couleurs républicaines et tantôt le jaune et or ; il savait concilier les contrastes, Quinonès et Lequeirica ; il avait décoré Vickers ; il eût aussi bien couvert de ses œuvres les salles de conseils d'administration d'Essen ; les Rothschild l'alimentaient et les Allemands lui chauffaient son atelier : les Guelfes passent, ainsi que les Gibelins, mais l'art demeure. Sert avait la passion des grandes maisons..., dans tous les sens du mot : les Sassoon, Lady Ripon, les Saxton Noble, la SDN, les Fauchiez Magnan, les villas de Newport, les palais de Palm Beach n'offraient pas assez de surfaces à son inventif génie, doré sur tranche.

Misia

— Laisse donc ces Botticelli ; ces Vinci ;
c'est infect, quelles ordures ! me disait Misia.
Allons acheter des coraux pour faire des arbres
chinois...

Qui dit Sert, dit Misia.

Je n'ai eu qu'elle comme amie. (J'ai d'ailleurs
eu pour elle plus de goût que d'amitié.) Ceci
m'oblige donc à dire comment je la vois, ce
qu'elle fut pour moi, ce qu'elle est. Je l'ai vue
apparaître au moment de mon plus grand chagrin : le chagrin d'autrui l'attire, comme certains parfums attirent l'abeille.

Nous n'aimons les gens que pour leurs défauts : Misia m'a donné d'amples et nombreu-

ses raisons de l'aimer. Misia ne s'attache qu'à
ce qu'elle ne comprend pas ; or elle comprend
presque tout. Moi, je suis restée un mystère
pour elle ; d'où une fidélité toujours démen-
tie, mais qui, après des écarts, revient à sa
constante. C'est un être rare, qui ne saurait
plaire qu'aux femmes et à quelques artistes.
Misia est à Paris ce que la déesse Kâli est au
panthéon hindou. C'est à la fois la déesse de
la destruction et de la création. Elle tue et dépose des germes, sans le savoir. Satie l'appelait
« la mère Tue-tout », et Cocteau « la faiseuse
d'anges ». C'est injuste. Certes Misia ne crée
pas, mais elle fait, dans certaines pénombres,
son office utile et bienfaisant de larve phos-
phorescente.

Il n'est pas niable que ce génie est, chez elle,
inconscient ; mais le goût asiatique de détruire
et de dormir, après la catastrophe, l'âme tran-
quille, au sein des ruines, est, chez cette Polonaise, parfaitement lucide.

Misia n'a aucun sens de la mesure. La
« claire raison française », la « ligne bleue des

coteaux modérés » ne signifient rien pour cette nomade des steppes.

Elle a un appétit aigu de succès et une passion profonde et sacrilège pour l'échec. Pour elle-même, qu'elle déteste, pour l'homme qu'elle sert, sa science tactique, sa stratégie publicitaire sont toujours en éveil.

Misia m'aime. « Rends-toi compte, me dit Lifar, que Misia a fait pour toi ce qu'elle n'a fait pour personne. » C'est vrai. Elle désirait ardemment mon affection. Cet amour vient du fond très généreux mélangé au plaisir démoniaque de noircir tout ce qu'elle donne. Les gens superficiels la disent « très intelligente ». Si elle l'avait été, je n'aurais pas eu d'amitié pour elle. Je ne suis pas assez intelligente pour les femmes « très intelligentes ». « Nous vivons, dit Misia, sur une réputation d'intelligence usurpée. »

Misia, depuis l'âge de quinze ans, depuis qu'avec ses cheveux en rouleaux et sa chemise remontée, elle posait à Valvins les femmes de maison close pour Toulouse-Lautrec, Renoir,

Vuillard et Bonnard, jusqu'à Picasso, à Stravinsky et à Diaghilev, a vécu cinquante ans
parmi les plus grands artistes et elle n'a aucune
culture. Elle n'a jamais ouvert un livre.

— Prends ce livre, Misia.

— Pourquoi faire ? Je me demande quand
tu trouves le temps de lire ? Elle ne lit même pas
ses lettres. Elle s'est imposée à tous les grands artistes de son temps, mais elle les a perdus, car
ce sont des créateurs, et elle les prive d'oxygène
(elle ne les a revus que pour veiller à ce que je
ne les voie pas) ; elle les voudrait sans âme, sans
talent, pour elle seule, comme ses arbres chinois sont sans feuilles.

— Ah ! ce que c'est long ! gémissait un jour
Misia à Bayreuth, entendant *Parsifal*.

Un Allemand agacé, qui était son voisin, se
retourna :

— Êtes-vous sûre, madame, que ce n'est pas
vous qui êtes trop courte ?

Misia est une infirme du cœur ; elle louche en
amitié et elle boite en amour. Et comme elle est
assez intelligente pour en souffrir, cela la rend
aimable. Elle aspire au grand, elle adore le cô-

toyer, le flairer, l'asservir, le ramener au petit. Le
sublime dans l'art, avec la paix profonde de l'âme
qui l'accompagne, lui fait honneur. Misia est le
goût même, si avoir du goût, c'est dire non.

Cet éternel *non*, par un effet naturel du
courroux divin, amène Misia à ne s'entourer
que de cochonneries, de petits bibelots affreux,
d'êtres douteux, indécis jusque dans leur sexe.
Elle n'aime que la nacre ; sans doute la nostalgie de la vase. Son luxe est à l'opposé du luxe.
Misia, c'est le marché aux puces.

Son goût pour moi, alors ? Je répète qu'il
vient de ce qu'elle n'a jamais pu me détruire,
c'est-à-dire me prouver son amour. « Elle vous
aime, Madmachelle, disait Sert, parce qu'elle
n'a jamais pu faire le tour de vô. » Elle n'a jamais pu trouver le défaut de la cuirasse, qui
pourtant existe. Le ver, depuis un quart de siècle, tourne autour du fruit sans y entrer. La
steppe n'a pas eu raison de la province française. « Monsieur le Président, disait un jour
Hitler à Laval, ce qui manque à la Pologne,
c'est un Massif central. »

Misia croit sincèrement qu'elle m'aime :
c'est du dépit amoureux ; me voir la rend mal-

heureuse, mais elle crève de ne pas me voir. Mes amitiés la rendent folle et cette démence donne à sa vie une saveur irremplaçable. Quand elle me brouille avec Picasso, elle dit : « Je t'ai sauvée de lui. »

Après l'avoir aimée, Vuillard la détesta. Il voulait faire mon portrait ; Misia s'est raccommodée avec lui, rien que pour l'en empêcher. C'est le saint-bernard qui vous ramène au rivage la tête sous l'eau. Misia est pleine de malice, dans le sens moderne et archaïque du mot.

Elle fait tout par calcul ; mais si elle sait diviser et soustraire, elle est incapable d'additionner.

Elle creuse des sapes extraordinairement divertissantes, qui durent des mois, des années, et à quoi elle sait donner au dernier moment le caractère le plus improvisé.

Elle a toute honte bue, aucun sens de l'honnêteté, mais avec une grandeur, une innocence qui dépassent tout ce qu'on voit d'habitude chez les femmes. (Qu'on ne me reproche pas ici ma dureté : car c'est pour tout ceci que je l'ai adorée.) Les gaffes m'ef-

frayent ; Misia les aime comme un condiment
épouvantable. Edwards, Sert, ont été pour elle
dans le domaine sentimental ce que sont les
gaffes dans le domaine social : des gaffes vou-
lues, préméditées, savourées ; aux femmes sans
tempérament, dont elle est, ces excitants sont
nécessaires. Ce qui a su retenir son âme juive,
ce sont les Juifs.

Il y a tout dans la femme, et il y a toutes les
femmes dans Misia. Elle n'a pas de vie propre,
elle vit des autres. C'est un parasite du cœur.
Sa tendresse est atomique, c'est la désagréga-
tion de l'atome sentimental. Si je m'ennuie
quelque part, mais surtout si je m'amuse, Misia
vient à moi :

— Je n'en peux plus ! Viens chez moi. Nous
allons nous amuser.

Une fois dans la voiture :

— Heureusement que nous sommes parties,
j'allais éclater !

Et comme elle est une enjôleuse de premier
ordre, elle a tôt fait de me faire oublier l'endroit
que nous venons de quitter, la voilà en frais, elle
devient merveilleuse, et toutes ses qualités se
mettent à briller.

Misia a la plus grave de toutes les qualités : jamais ennuyeuse, bien que toujours ennuyée.

Pour la distraire — tout de moi l'amusait — et exaspérer sa curiosité, j'inventais de fausses amours, des passions imaginaires. Elle s'y laissait toujours prendre.

C'était en rade de Trieste sur un yacht, à l'heure des confidences.

— Je retourne à Venise, chère Misia, car je souffre abominablement ; je suis follement éprise d'un homme qui me hait.

Ce mot de *souffrance* enivrait Misia.

— Moi qui étais persuadée que tu n'avais jamais souffert ! Comment n'es-tu pas venue plus tôt me raconter ça ?

Quand j'eus abattu mes cartes, quand j'ai crié « poisson d'avril », quand je lui eus dit : « Ma chérie, comme tu t'embêtais, j'ai inventé ce petit roman », Misia a été désespérée.

Quelques jours plus tard, à Venise, j'ai failli pourrir d'une paratyphoïde ; dans sa fureur déçue, Misia ne vint même pas prendre de mes nouvelles.

Et une autre fois :

— Si tu me jures que tu ne le diras pas, Misia, je vais te confier un secret.

— Parle ! Parle !

— Je… je vais épouser le prince de Galles !
Mais pas un mot !

— Je… je reste avec toi, parce que si je te
quitte, je lâcherai tout !

Misia n'est ni bonne ni méchante ; c'est une
des faiblesses de l'humanité, mais c'est une
force de la nature. Sa seule présence invite à
dire du mal des gens. On ne sort pas heureux
de chez elle ; on regrette le mal qu'on a dit.
Elle est généreuse : à condition qu'on souffre,
elle est prête à tout donner, à tout donner pour
qu'on souffre encore.

Dès qu'elle a dit à quelqu'un ou fait à
autrui quelque chose de mal, Misia, prise de
peur, court préventivement chez sa victime,
l'accable de gentillesses, lui explique que c'est
pour son bien, bref, prend les devants. Quand
je la vois arriver, dès le matin je l'accueille
ainsi :

— Qu'est-ce que tu as dû dire de moi hier !

Moi, il m'arrive de mordre mes amis, mais Misia, elle, les avale.

Même quand Misia dit la vérité, elle trouve moyen d'être amusante. Je déteste poser des questions ; l'impudeur interrogative de Misia fait mon admiration.

La tragédie de Misia, c'est qu'elle rate tout, après avoir tout fait rater aux autres. Mais elle ne fait avorter que les avortons. De sorte que tous les grands hommes, justement parce qu'ils étaient grands, lui ont échappé ; elle n'a conservé que ce qu'elle a détruit, c'est-à-dire rien. Il ne lui reste plus, à Madame Verdurinska, qu'à romancer son existence, sous l'œil émerveillé de Monsieur Boulos.

Misia ne réussit pas à corroder certains granits français. Ma tante Adrienne de Nexon, qui est près de chez nous, me dit d'elle :

— J'ai pris le thé avec « ta Polonaise », en visite.

— Ma Polonaise ?

— Oui, cette dame qui porte des souliers de satin dès le matin… Elle ne me plaît pas. Elle a essayé de me tirer les vers du nez. Je lui ai répondu : « Madame, me prenez-vous pour une agence de renseignements ?... » Tu as de drôles d'amis... Comment peux-tu te plaire avec ces étrangers si mal élevés ?

Retour à Paris

Après ces quelques mois de liberté enivrante (je n'avais pas pris de vacances depuis des années), je rentrai à Paris et m'installai au Ritz, où je passai six ans.

Je repris ma vie de dictateur : succès et solitude. J'étais épuisée par ce congé. Rien ne me repose comme de travailler, et rien ne m'épuise plus que l'oisiveté. Plus je travaille et plus j'ai envie de travailler.

Je ne puis être sous les ordres de quelqu'un, sauf en amour ; et encore... Rien n'avait changé en mon absence. D'ailleurs, chaque fois que je m'absente, rien n'a changé. Dans les autres maisons, on compte cinquante chefs et sous-chefs. Chez moi, il n'y a que « Mademoiselle ». Quand je pars, je ne laisse derrière moi que des pleureuses. Je respecte beaucoup la liberté chez autrui, tout en demandant la réciprocité. Hélas, la liberté est un don qui terrifie les gens ; je ne parle pas seulement de la leur, mais de la vôtre.

Je travaillais pour une société nouvelle. On avait habillé jusque là des femmes inutiles, oisives, des femmes à qui leurs caméristes devaient passer les bas ; j'avais désormais une clientèle de femmes actives ; une femme active a besoin d'être à l'aise dans sa robe. Il faut pouvoir retrousser ses manches. La beauté n'est pas la mièvrerie : pourquoi tant de mères n'apprennent-elles à leurs filles qu'à minauder, au lieu de leur enseigner la beauté ? La beauté, il est vrai, ne s'apprend pas d'un coup ; mais quand, avec l'expérience, on a compris, la beauté a fichu le camp ! c'est un des aspects du drame féminin. Il y en a tant d'autres, que les romanciers et ceux « qui se penchent sur le cœur de la femme » ignorent terriblement.

(Que l'on me pardonne : il faut beaucoup de courage pour ne pas voir les femmes sous forme de déesses ; et pour le dire !)

Un homme, par exemple, s'améliore généralement en vieillissant, alors que sa compagne se détériore. La figure d'un homme mûr est plus belle que celle d'un adolescent. L'âge, c'est le charme d'Adam et la tragédie d'Ève.

La femme vieillit mal. Voyez celle-ci, jambes en l'air, qui fait de la culture physique sous la lumière criarde d'un parasol de plage.

— Elle est carrément moche, disons-nous.

Et on nous répond :

— C'est ma grand-mère.

Une femme qui prend de l'âge se préoccupe d'elle-même chaque jour davantage ; et, par un effet diabolique de la justice immanente, s'occuper de soi, c'est ce qui vieillit le plus. Je plains les dames qui font des cures de repos chez des spécialistes qui les installent, immobiles pendant des heures, dans l'obscurité, assises dans de moelleux fauteuils. Les pires rides, celles de l'égoïsme, sont gravées au burin dans la peau, rien n'y fait. On a beau dire d'elles, pour les flatter : « C'est un ange », ça vieillit aussi, les anges. (Nous reparlerons bientôt des « anges ».)

Inutile de se tapoter le fanon, mieux vaut se masser le moral.

Certes les femmes d'aujourd'hui ont rajeuni de vingt ans, certes elles continuent à être d'une énergie farouche et à ne jamais mourir, mais la nature triomphe toujours de leurs efforts.

— Comme Pauline était belle, hier soir ! continue-t-on à dire, par habitude. Et personne n'ose dire, ou même penser :

— Non ; elle est vieille et moche.

La beauté dure, la joliesse passe. Or aucune femme ne veut être belle ; toutes veulent être jolies, jolies.

Pleurer sur soi, c'est bercer avec complaisance l'enfant qui continue à vivre à l'intérieur de chacun de nous, et qui n'intéresse personne. Quant au vrai secret, qui est de faire passer la beauté du physique au moral, c'est le seul tour de passe-passe dont la plupart des femmes sont incapables.

Si encore elles étaient désespérées, ce serait le salut. Mais elles sont si sûres d'elles-mêmes !

La femme désespérée n'existe pas.

— Je suis un tout petit peu trop grosse...

— Je ne suis pas si grosse que ça...

Et les jeunes gens l'encouragent dans sa fausse sécurité. C'est le chant du cygne. Les hommages des jeunes gens sont charmants, à condition d'y résister. Les accepter, c'est très grave.

D'ailleurs, il s'agit moins d'être jeune ou vieille, que d'être du bon côté, ou du mauvais. Pour moi, j'appelle cela la bonne ou la mauvaise peinture ; c'est original, fonctionnel, indélébile. Il n'y a pas d'être qui ne soit original et intéressant, si on a pris soin de ne rien lui enseigner. Il y a de la bonne peinture partout, dans les trains, dans les convois d'émigrants, mais il faut savoir la voir, la lire. Ce qui perd les femmes, c'est d'avoir appris ; ce qui perd les plus jolies, c'est d'avoir appris, non seulement qu'elles le sont, mais d'avoir appris à l'être.

On parle de soins physiques : mais où sont les soins moraux ? Les soins de beauté doivent commencer par le cœur et par l'âme, sinon les cosmétiques ne serviront de rien.

La tenue morale, l'art d'une présence charmante, le goût, l'intuition, le sens interne des êtres de la vie, rien de tout cela ne s'apprend. Nous sommes, tout jeunes, entièrement constitués ; l'éducation n'y change rien. Il est inutile d'avoir des professeurs, les professeurs ont perdu bien plus d'hommes (et de femmes, surtout), qu'ils n'en ont fabriqués. C'est et ce sera éternellement le mot de Clemenceau sur Poincaré : « Il sait tout et ne comprend rien », doublé du mot sur Briand : « Il ne sait rien et il comprend tout ».

Autre axiome : il y a des femmes intelligentes, mais il n'y a pas de femmes intelligentes chez un couturier. (Ni de femmes morales ; elles vendraient leur âme pour une robe.)

Les miroirs n'existent plus pour la femme qui vieillit. Elle remplace le miroir par la prétention. Il est vrai que quand on atteint le chiffre

cinq, tout est difficile. Une dame, très intelligente sous ses cheveux gris, me dit :

— Je dételle. Faites-moi un uniforme que je
porterai désormais jusqu'à ma mort.

— C'est impossible, lui répondis-je. Une
femme qui vieillit doit être à la mode ; seule
une jeune femme peut être à *sa* mode.

Les femmes devraient vieillir avec notre époque, non avec la leur. On leur dit : « Prenez
ceci », (ce qui signifie : « Avec cette robe noire,
vous auriez de beaux restes »). Mais elles n'entendent pas... La tragédie de la femme qui
vieillit, c'est qu'elle se souvient tout à coup que
le bleu ciel lui allait bien à vingt ans.

— Faites-moi une robe de vieille dame, me
dit Hélène Morand.

— Des vieilles dames, répondis-je, il n'y en
a plus.

Les salons voient les femmes comme elles
devraient être ; les salons de couture voient les
femmes comment elles sont.

— Dora, Daisy, Dorothea, Diane, c'est un
ange ! disent leurs familiers.

L'ange rend sa robe, après l'avoir portée

dans une soirée où tout le monde a pu l'admirer ; l'ange la rend en disant qu'elle avait commandé en velours rouge une cape qu'elle a commandée en réalité en velours noir, ainsi qu'en témoigne le bon de commande, signé d'elle.

L'ange accompagne une amie à l'essayage :

— Cette robe de velours blanc est jolie, mais elle n'est pas ton genre...

— Je l'avais fait faire pour le bal Rothschild.

— Crois-moi, viens plutôt chez Lelong. Tu seras une autre femme. (C'est charmant !)

L'amie supplie qu'on lui reprenne sa robe. Le lendemain, apparition de l'ange que la robe de son amie a empêché de dormir.

— Cette robe de velours blanc qui, hier, vous est restée pour compte, je vous la prends, mais il faut me la laisser à moitié prix. C'est du solde. D'accord ?

L'ange dit toujours : « D'accord ? »

Parfois l'ange, après s'être fait habiller publicitairement, réapparaît au défilé des mannequins et susurre à l'oreille des clients :

— Ne décidez rien, ma chère, avant d'avoir vu la collection de Molyneux.

Si je connais bien ce dernier reflet du romantisme, l'Ange, si cher à Cocteau, à Giraudoux, c'est que j'ai entendu leurs vendeuses. Les vendeuses de chez nous, d'anciens mannequins généralement, connaissent admirablement un métier qu'elles adorent. Elles savent écouter, écouter debout ; elles savent s'asseoir quand il faut. Elles sont les meilleures confidentes (une femme a toujours peur que sa camériste la fasse chanter ; mais elle a une confiance entière dans sa vendeuse). La vendeuse a l'immense privilège de pouvoir confesser l'ange.

— Dois-je le quitter ?

— M'aime-t-il ?

— Que dirait de lui Vera ? Est-ce une bonne affaire ? (et autres propos aussi crus que célestes...).

Pendant qu'elles racontent leur vie à la vendeuse (les femmes sont toutes des concierges), la vendeuse ne vend pas, l'essayeuse s'impatiente ; au cinquième étage, trois couturières attendent. Mais l'ange ne pense qu'à soi. L'ange ne sait pas le prix du temps. L'ange a une robe qui lui va parfaitement, mais pour pouvoir dire, dans un déjeuner élégant :

— Il faut que je passe chez Chanel.

Elle revient essayer encore une, deux, trois fois, inutilement. Il arrive à l'ange, par pur sadisme, d'empêcher sa vendeuse de continuer à un autre étage son travail, qui est de vendre des robes et de toucher son pourcentage, de la garder inoccupée une journée entière.

J'interromps ici ces histoires de salon d'essayage.

Je crois avoir élevé la couture à une certaine grandeur. Le but de ce que je raconte est de le dire et non de potiner.

Je conclus en constatant qu'il faut avoir vécu du commerce des femmes, pour savoir ce que c'est qu'une femme. L'ange est un être sans aucun scrupule, une vraie mante religieuse.

L'ange ne se préoccupe pas de plaire ; il ne pense qu'à l'argent. À l'ange qui me croit femme d'affaires et qui me demande des tuyaux de Bourse, je réponds :

— Je ne suis pas Madame Hanau. Marthe Letellier, la plus grande beauté d'avant 1914, ne pensait qu'au Stock Exchange. La marquise de J., ce n'est pas un tabouret à la Cour qu'il lui faudrait, c'est un fauteuil devant le *tap* de chez Saint-Phalle. C'est pourtant un ange, tout son entourage est d'accord là-dessus. Pourtant l'ange ne paie jamais comptant (dans mon métier, payer comptant, c'est payer d'une saison sur l'autre). Un ange paie en monnaie du Pape.

L'ange, devenue veuve (car les anges ont un sexe) et qui, en crêpe, donne un grand dîner :

— Il eût détesté que je m'ennuie...

Ou :

— Venez dîner ; nous parlerons de lui...

L'ange théosophe :

— Ma religion m'empêche de pleurer.

L'homme a une certaine ingénuité, mais la femme, aucune ; quant à l'ange, il est capable de tout. L'ange sait qu'on ne peut pas le tuer puisqu'il est immortel ; il sait qu'on ne peut pas le mettre en prison, puisqu'il a des ailes.

Le monde (à de très rares exceptions près, sous Marie-Antoinette ou sous l'impératrice

Eugénie) ne s'ouvrait qu'aux cartons des maisons de couture, mais pas aux couturières elles-mêmes. Après l'autre guerre, je le dis, parce que tous les Parisiens le savent, je fus recherchée. Recherchée, mais non pas facilement trouvée, car je continuais à ne presque jamais sortir le soir ; je compterais sur mes doigts les grands dîners ou réceptions auxquels j'assistai. Dix ans plus tard, on pouvait voir beaucoup de mes confrères aller dans le monde. Encore dix ans et il n'y aura presque plus de salons de couturiers : il n'y aura plus que des couturiers de salon, et on se pressera aux bals de Dior, aux cocktails de Patou.

Comme je sortais peu, il était nécessaire que je fusse informée de ce qui se passait dans les maisons où mes robes étaient portées ; je pris donc l'habitude, alors sans précédent, de m'entourer de gens de qualité pour faire la liaison entre moi et le monde, entre le dedans et le dehors. Des Anglaises de la société, de l'aristocratie russe, italienne et française, vinrent prendre du service rue Cambon. On a dit que j'étais une anarchiste et que je prenais un malin plaisir à humilier des personnes de condition, en

les plaçant sous mes ordres. On a dit mille
autres bêtises là-dessus.

Les Ballets russes avaient fait sauter des dan-
seurs ; octobre 1917 fit sauter la Russie toute
entière et Paris s'était rempli d'émigrés. Ils se
mirent avec courage à travailler, comme les nôtres, à Londres et à Pétersbourg, après 1793.
J'engageai certains d'entre eux ; les princes du
sang m'ont toujours fait immensément pitié ;
leur métier, quand ils l'exercent, est le plus
triste qui soit et quand ils ne l'exercent pas,
c'est pire. D'autre part, les Russes me fascinaient. Il y a chez tout Auvergnat un Oriental
qui s'ignore : les Russes me révélaient l'Orient.

« Toute femme doit avoir un Roumain dans
sa vie », a-t-on dit. J'ajouterais : tout Occiden-
tal doit avoir succombé au « charme slave »
pour savoir ce que c'est. Je fus fascinée. Leur
« tout ce qui est à toi est à moi » m'enivrait.
Tous les Slaves sont distingués, naturels, et les
plus humbles ne sont jamais communs.

Feodorowna vint travailler rue Cambon. Un
jour, je la trouvai en larmes. Elle m'expliqua,

dans les sanglots, qu'elle devait beaucoup d'argent et que, pour s'acquitter, il lui fallait se donner à un monstre, un horrible magnat du pétrole aussi crépu que lippu ; qu'entre deux déshonneurs elle choisirait celui-là.

— Combien te faut-il ?

— 30 000 francs.

— 30 000 francs pour coucher, c'est cher, dis-je ; mais pour ne pas coucher, c'est donné. Les voici, je te les prête. (J'employais sans illusions le mot « prêter » ; on ne prête pas à des Russes. Mais donner porte malheur ; si les petits cadeaux entretiennent l'amitié, les gros cadeaux la compromettent.)

Quelques jours plus tard, Feodorowna m'invita chez elle. Pénombre, abat-jour mauves sur le parquet, balalaïka, caviar dans le bloc de glace, vodka en carafe, tziganes : bref, cette nuit des Îles que les Russes aiment à reconstituer partout. J'étais charmée. L'idée que mon amie avait échappé aux griffes du monstre caucasien m'enchantait. Mais tout ce luxe nocturne, je me demandai si mon prêt n'en avait pas fait les frais.

— As-tu donné les 30 000 francs ?

— Que veux-tu... j'étais si triste... j'ai voulu d'abord m'amuser un peu... je les ai gardés... j'ai acheté ce caviar avec...

Je ne revis jamais l'argent, mais je ne tardai pas à revoir Feodorowna en compagnie du magnat pétrolier, qu'elle adorait et qu'elle quitta bientôt pour un Tchèque, bien plus monstrueux.

Diaghilev

Misia ne quittait pas Diaghilev ; entre eux
c'était une de ces adorations chuchotées, méchantes, tendres, semées de chausse-trapes, où
Serge trouvait son plaisir, sa société, ses com-
modités, ses nécessités et où Misia trouvait le
remède unique à son ennui. Devant Diaghilev,
elle ne faisait plus la moue (la célèbre moue de
Misia).

Du jour où je le connus, jusqu'au jour où je
lui fermai les yeux, je n'ai jamais vu Serge se reposer.

— J'aurais pu gagner des millions en recommençant *Petrouchka*, vivre de *Schéhérazade*
comme d'autres du *Miracle* ou de *la Chauve-
souris*, mais j'aime mieux mon plaisir.

Il parlait en s'assurant, d'une main lourde-
ment baguée, que sa grosse perle noire était
bien en place dans la cravate gris perle. Il entrait chez moi, après les ballets, pour souper un
moment, n'ôtant pas cette pelisse capitonnée
de peaux d'animaux sibériens, sanglée de brandebourgs, dans laquelle Cocteau l'a caricaturé
si souvent ; sans ôter ses gants blancs, il prenait
un chocolat. Puis il succombait, vidait la boîte,
remuait en mangeant ses grosses joues, son
menton lourd, se rendait malade, restait la nuit
à causer.

Extraordinaire prospecteur des puits du
génie européen, balzacien pourvoyeur de la
danse, de la musique et de la peinture qui, jusque là, s'ignoraient, appareilleuse à mèche blanche offrant l'Orient à l'Occident. En Espagne,
il découvre Falla et à Pétersbourg un petit élève
de Rimsky qui s'appelle Stravinsky ; à Arcueil,
Satie.

C'était l'ami le plus charmant. Je l'aimais dans
sa hâte à vivre, dans ses passions, dans ses gue-
nilles, si loin de sa légende fastueuse, des jours

sans manger, des nuits à répéter, habitant dans un fauteuil, se ruinant pour se donner un beau spectacle. Il présente les plus beaux peintres aux plus beaux musiciens, il apprend aux foules françaises prêtes à faire, par snobisme, tous les soirs, des voyages de Mille et une nuits, qu'il y a au coin de la rue des enchanteurs inconnus, Dukas, Schmitt, Ravel, Picasso, Derain. Il sort Montparnasse de ses parlotes, présente le débat au grand public, l'y intéresse, le résout. Têtu, généreux, avare, puis gaspilleur tout d'un coup, ne sachant jamais d'avance ce qu'il va faire, achetant pour rien des toiles sans prix, les donnant, se les laissant voler, il traverse l'Europe en mécène sans le sou, son pantalon tenu par des épingles doubles. Un soir, à Venise, entre les deux colonnes, il nous parla de son enfance, du camarade Benois, des Beaux-Arts de Pétersbourg, du général Diaghilev son père, de son arrivée à Paris, à l'époque héroïque où il exposait des icônes, où il donnait des concerts historiques russes.

— Moussorgsky… fait Misia (la moue recommence).

— Évidemment, pas Prokofiev ! Il fallait commencer doux.

Je revois son air de chat fourré gourmand, son rire à grosses lèvres ouvertes, ses joues pendantes, l'œil bon et narquois sous le monocle dont la ganse noire se promenait au vent.

La Russie s'avançait à pas feutrés. 1910, classique, suave. *Le Spectre, les Sylphides.* Et puis Nijinsky force nos portes, comme celles d'un harem. Des affiches roses et mauves qui représentent ses bonds, signées Cocteau, couvrent les murs de Paris.

La terre tremble sous la cadence des archers d'*Igor*. On se demande ce qui se met en marche...

Dans les couloirs du Châtelet, des jeunes lords alanguis et certains de nos nouveaux Stendhal, Giraudoux alors monoclé, jaloux avec la canne de Monsieur de Balzac, Émile Henriot et Vaudoyer, frères jumeaux déguisés en chevaliers d'Orsay, Mauriac, les mains jointes, en uniforme bleu de l'ambulance, Étienne de Beaumont, jeune Bordelais que les succès du Parisien Cocteau empêchent de dormir, et dont aucun honneur n'apaisera les complexes provinciaux, s'extasient sur les couleurs essentielles et sur les accords de tons. Diaghilev, lui, va tout droit à son affaire. Son affaire, ce fut d'imposer inconsciemment la Russie, d'affirmer sa foi russe ; suivi de ses beaux esclaves enchaînés à son succès, il procéda avec un despotisme turc.

Diaghilev fut un acrobate extraordinaire, un re-créateur de talent et un récréateur de génie. S'il avait importé en France, tels quels, les ballets du Théâtre impérial, il n'eût obtenu qu'un succès d'estime. (D'autant plus qu'il n'aurait fait que restituer à Paris ce que Pétersbourg lui avait emprunté jadis.) Mais il fit mieux ; il inventa une Russie pour l'étranger, et, naturellement, l'étranger s'y trompa. (Pétersbourg ne connut *Petrouchka* et *Schéhérazade* que dix ans après Paris.) Tout n'étant que trompe-l'œil au théâtre, il y faut de fausses perspectives : la Russie des Ballets russes a réussi au théâtre, justement parce qu'elle était construite d'après des données fictives.

Quand il eut épuisé cette veine, Diaghilev se renouvela entièrement en 1918, avec l'intrusion du comique dans la danse (Massine et *les Femmes de bonne humeur*, *Pulcinella* avec Picasso, après *Parade)*. Pendant cinq ans il connut une

nouvelle jeunesse, servi par les Six ; et la posté-
rité lui saura peut-être plus de gré d'avoir créé *les
Biches*, *les Fâcheux* et *Matelots* que *les Sylphides*
ou *le Spectre*, inspiré les *Soirées à Paris* d'Étienne
de Beaumont, donné naissance aux Suédois.

La papillonnant, le frivole, l'inconstant Diaghilev a compris le premier qu'il fallait porter
la main sur les chefs-d'œuvre, que rien n'empê-
chait autant de danser en rond que la musique
de danse (il est vrai qu'Isadora dansant sur une
symphonie de Beethoven avait été une ancê-
tre), qu'on pouvait danser sur de la peinture de
Picasso, sur des idées dada, sur des poèmes de
Claudel. Borlin, lui, a voulu aller trop loin
dans ce sens-là et il s'est cassé le cou, mais Diaghilev, qui était le goût même, n'a pas fait un
faux pas, justement parce que léger. Pour un
peu il aurait fait un ballet des émeutes de 1913
autour du *Sacre*, cet *Hernani* de notre époque !
Après Serge, on dansa sur la statuaire nègre, sur
les ruines des usines du futurisme, sur les musées, sur Vélasquez et sur Berlioz, sur Bach et
sur Haendel, sur Shakespeare et sur Paul Va-

léry. Je sais tous les reproches qu'on lui a faits, que sa danse est traitée du dehors, qu'il la subordonne aux autres arts, etc., mais un fait restera : Diaghilev a dominé son temps et ce temps, qui aura été celui de Nijinsky, Massine, Lifar, la Pavlova, les Sakharoff, l'Argentina, de la renaissance du musical-hall, des steps nègres, de la rythmique et du rythme plastique, etc., aura été probablement la plus brillante époque que la danse ait jamais connue.

Je le revois vivre, et de quelle vie : il piétine les partitions. Il taille dedans, sans savoir si c'est de la musique de danse. Il choisit les bons morceaux, en gourmet. Il réussit dans l'impossible. Il se ruine après avoir fait banco. Il s'arrache sa mèche blanche. Il court chez la princesse Edmond ; il court chez Maud Cunard ; il explique qu'il lui faut mille livres, le soir même, que les créanciers tiennent le contrôle, que le rideau ne se lèvera pas ; il joint les mains ; le diabète fait suer son grand front.

— J'ai été chez la princesse. Elle m'a donné 75 000 francs !

— C'est une grande dame américaine, dis-je. Je ne suis qu'une couturière française, en voici 200 000.

L'argent en poche, il replonge le lendemain dans l'aventure, il disparaît, en proie à des drames sentimentaux aussi impitoyables que byzantins, il ressort de l'ombre ou de l'Amérique avec un nouveau musicien et avec son quatre-vingtième ballet.

Diaghilev m'a raconté parfois ses aventures en Suisse, pendant la guerre de 14. Il répétait à Lausanne dans un hangar ; Stravinsky travaillait avec Ramuz à côté ; Lénine, Trotsky attendaient sur les bords du Léman l'heure de rentrer en Russie par l'Allemagne en wagon plombé. 1917. *Parade* et révolution. Le Châtelet et les usines Poutiloff. Quand je rapproche ces Russies si proches qui s'ignoraient, je pense que tout cela ne fait qu'un tout.

Les années passent. Il continue à faire crédit au génie, à chercher le génie, comme un clochard cherche des mégots sur un trottoir.

Sous nos yeux, à Venise, Diaghilev vient de mourir, en revenant de Salzbourg. Il y a là

Catherine d'Erlanger, Misia, Boris Kochno, Lifar.

— Mes amis, mes seuls amis… il me semble que je suis ivre…

Le lendemain, une longue suite de gondoles quitte l'église orthodoxe *dei Grecchi*, se dirige vers San Michele, le cimetière dont les cyprès pointent par-dessus le mur rose ourlé de blanc.

— Que vont devenir les Ballets ?

— Qui peut reprendre ça ?

— Personne.

Je n'ai pas empêché les ballets de Diaghilev de faire naufrage, comme on l'a dit. Je n'avais jamais vu *le Sacre du printemps* avant 1914. Serge m'en parlait comme d'un scandale et comme d'un grand moment historique. Je voulais l'entendre et lui offrir de le subventionner. Les 300 000 francs que cela m'a coûté, je ne les regrette pas.

Serge aura remué des mondes d'idées, de couleurs, de passions, de *bank-notes* : il ne laisse qu'une paire de boutons de manchette que Lifar échangera contre les siens au moment de la mise en bière.

Madame de Chevigné

J'avais une vieille amie charmante, la comtesse Adhéaume de Chevigné. Losque j'habitais faubourg Saint-Honoré, elle logeait rue d'Anjou, presque en face de chez moi. Dans ce salon de la rue d'Anjou, vers 1900, tout ce que Paris comptait de *clubmen* et de femmes élégantes de l'autre faubourg avait défilé, à l'époque où l'on déjeunait à onze heures trente, où l'on faisait les visites à trois heures, avant le cercle, et où les messieurs entraient et s'asseyaient, leur haut de forme sur les genoux. Avec sa perruque rousse, sa grosse voix enrouée qui ravissait Marcel Proust, ses façons autoritaires et son ton péremptoire, Madame de Chevigné était un personnage de Saint-Simon, pastiché par Swann. Elle ressemblait à une vieille actrice ; ou plus exactement c'est Madame de Chevigné que Marguerite Deval, Moreno, Pauline Carton et toutes les artistes spécialisées dans les créations de vieilles dames ridicules se sont efforcées de copier, à travers Francis de Croisset, son gendre. Les actrices imitant la comtesse, et elle, les imitant, à son tour, ce fut bientôt inextricable.

Madame de Chevigné est la première femme du monde qui ait dit m…

Sa conversation était enivrante ; c'était une chronique, un mémorial, une revue de fin d'année…

— Aujourd'hui, petite, les jeunes femmes sont des ignorantes et des imbéciles. Les hommes ne leur apprennent plus rien. Même plus les usages. Nous, nous avons connu des hommes qui n'avaient pas besoin d'apprendre les manières, ils étaient nés là-dedans… Moi, tout ce que je sais, c'est en faisant l'amour que je l'ai appris. C'est un amant qui vous apprend ces choses-là, ce n'est pas un mari. Moi, mon amant me menait au Louvre. On ne peut pas tout le temps… s'embrasser ! On a beau avoir du goût pour ça… Pour le tempérament, ma foi, Cécile[1] et moi, nous en avions, du tempérament… Mais il y a des moments de loisir, même dans les garçonnières. Je te parle du temps où on avait une garçonnière, on mettait une voilette pour s'y rendre ; aujourd'hui, on fait ça n'importe où, sur n'importe quoi, entre deux portes, devant les domestiques. Tiens, vois ma fille (celle-là, ma petite, ah ça, celle-là je te jure qu'elle est bien de Monsieur de Chevigné. D'ailleurs tous mes enfants sont d'Adhéaume. Surtout pas de bâtard !). Eh bien, ma fille apprend depuis qu'elle a trois ans, elle en a soixante et elle ne sait rien !

— On n'a pas besoin d'apprendre pour savoir, madame ; ainsi Misia passe pour une grande musicienne et je ne l'ai jamais entendue taper plus de quatre accords de Chopin.

— Parlons-en, de celle-là ! Elle adore les Juifs. D'ailleurs, ma petite, Misia, c'est le ghetto ; vois tous ceux de la race élue qu'elle a traînés derrière elle, Thadée Natanson, Bernstein, Edwards, Alfred Savoir… Moi, je n'ai pas de prévention contre les Juifs… Je n'en ai

1. La princesse J. Murat.

donné que trop de preuves. Simplement, du temps de Félix Faure, les Rothschild, ça ne se portait pas… Au Jockey, ma petite, il n'y avait que Haas[1], et encore, il avait été élu en 71, pendant la Commune, une après-midi où il n'y avait personne pour mettre des boules noires…

Madame de Chevigné est morte peu avant la guerre. Elle ne recevait plus depuis quelques années. Sa porte ne s'ouvrait que pour sa famille, pour des intimes, pour moi. Si Misia venait la voir, elle ne la faisait entrer que pour lui dire des choses féroces, en pleine figure.

— Vous ne pouvez pas comprendre ça, vous qui comprenez tout !

Et elle clignait ostensiblement de l'œil pour moi, claquait de la langue, me lançait espièglement un coup de pied sous la table, à l'insu de Misia.

— En 18…, nous avions de la tenue. F… m'aimait ; du moins je le croyais. Un jour, après un voyage, j'arrive au bras de Monsieur de Chevigné pour un grand dîner. Dans l'anti-

1. Swann.

chambre, je jette les yeux sur la liste des invités. Je lis : comte et comtesse de F. L'infidèle s'était marié sans me le dire. Je me décompose... mais soudain je me reprends, je me dis : « Tu es Laure de Chevigné, née Sade. » (Sade ! Quel beau nom... soupirait Misia. Que ne donnerais-je pour être née Sade !)

— Sommes Frrânçaises, nous ! Ces étrangers, ça croit que ça peut tout nous apprendre ! Peux pas supporter les Russes... J'ai été à Pétersbourg... J'ai habité chez la grande-duchesse Wladimir. On est poli, là-bas, trop poli. Tu es bien traitée, en Russie, mais tu n'es pas considérée ; on te fait des cadeaux avec des brillants, mais on se sert de toi comme d'un objet. Et puis, leur luxe, j'ai été à Tsarskoïe Selo, ce n'était pas si chic que ça !

Parfois Auguste, le vieux domestique, entrait.

— Qu'é qu'y encore, Auguste ?
— Madame la Comtesse, c'est Madame X.
— Tu pouvais pas dire que j'étais souffrante ?

Je suis avec Mademoiselle.

— Madame la Comtesse, je peux pas mentir.

— Alors, pourquoi qu't'es domestique ?

Les domestiques, c'est fait pour dire non.

Auguste, craignant que je ne fatigue la comtesse, revenait peu après.

— Madame la Comtesse doit penser au dîner.

— Laisse-moi ! Je m'amuse ! Il veut me gaver celui-là ! Il me donne ma soupe ; il se croit tout permis ! Je ne suis pas gâteuse, mais il est persuadé que je le suis ! Qu'est-ce que nous disions ? Que Misia ne savait pas trois notes de Chopin ? Pardi ! Reynaldo, voici un musicien ! Ma petite, à Venise, Madame de Vantalis lui mettait un piano dans la gondole, la lune, le Grand Canal, et en avant, tout le monde suivait. Et Madrazo ! As-tu entendu, Coco, Madrazo chanter *la Tour Saint-Jacques* ? C'était autre chose que Jacques Février !… Qu'est-ce que je te disais… Rappelle-le moi donc, je ne sais plus où j'en suis, à cause de cet imbécile d'Auguste… Ah oui, nous parlions des jeunes femmes d'aujourd'hui… Tout ça c'est des grues ! Et encore ! (De mon temps,

même les grues avaient des manières.) As-tu re-
marqué que de nos jours les femmes ne savent
même plus entrer dans un salon ? Veux-tu que
je te montre comment elles se présentent ?

Suit une imitation d'une entrée par une
femme d'à-présent, mi-gênée, mi-prétentieuse,
toujours maladroite et « à-côté », par la comtesse qui a sauté de son lit.

— Nous, nous avions une autre allure ! Tu
appelles ça une entrée, toi ? Tiens, regarde !

Après cet exercice violent, Madame de Chevigné se recouchait, essoufflée.

— Le souffle me manque, ma petite. Le cœur
fout le camp…

Je l'assurais que c'était un simple défaut
d'entraînement. Elle tournait vers moi son
masque décharné de vieux clown tragique, son
nez de polichinelle, sa bouche en accent cir-
conflexe, et de sa voix de rogomme, très
sourde, qui semblait sortir du fond d'un sou-
terrain :

— Mes enfants m'ont obligée à quitter la
rue d'Anjou ; j'habitais là depuis quarante ans ;
j'ai obéi ; mais je sais bien que ça me portera

malheur : on ne sort de chez soi que pour crever. J'en crèverai. Si je vais mieux, si je peux
sortir, invite-moi. Mais pas de vieux, surtout !
Invite-moi avec de la jeunesse. Sinon, reviens-
me voir. Je te parlerai de Madame Standish
(née des Cars) et de Madame Greffuhle.
C'étaient des femmes, ça ! Elles savaient faire la
révérence. Moi, j'ai vu à Fordsdorf faire la révérence, c'était autre chose...

Auguste, reconduis Mademoiselle... Il y a
beaucoup de chances pour que tu me retrouves
au lit la prochaine fois. Vois-tu, à mon âge,
quand une femme a enlevé son corset et son
toupinard, ma petite, elle ne les remet plus jamais !

Un jour vint, en effet, où Madame de Chevigné s'affaiblit. Marie-Thérèse de Croisset vint
me dire :

— Maman est très malade. Elle se croit chez
vous...

Quelques jours plus tard, j'allai à son enter-
rement.

Picasso

Quand Picasso habitait Montrouge, pendant l'autre guerre, des cambrioleurs s'introduisirent chez lui ; ils ne prirent que du linge et négligèrent sa peinture. Aujourd'hui le linge vaut beaucoup plus cher qu'en 1915, mais les toiles de Picasso ont monté bien plus encore que la toile des draps. Aucun cambrioleur ne se tromperait plus. « Il y a les toiles de maîtres et les mètres de toile », comme on dit dans Labiche.

J'ignore si c'est un génie ; il est difficile de dire que quelqu'un qu'on fréquente est un génie ; mais je suis certaine qu'il se situe quelque part sur cette chaîne invisible qui lie, à travers les siècles, les génies les uns aux autres.

Des années, des décennies ont passé et Picasso est resté vivant, très vivant. La vague qui l'a apporté n'a pas reflué. Il n'est ni oublié, ni devenu idole, ce qui est aussi grave. Il a gardé son intelligence, ses réflexes d'acrobate, sa souplesse de Basque, car il est basque par son père, le professeur de dessin.

J'ai gardé pour lui une solide amitié. Je la crois réciproque. Nous n'avons pas changé, en dépit des bouleversements. Il y a vingt ans, tout était charmant, pour beaucoup de raisons, mais d'abord parce que tout n'était pas dans le domaine public, parce que les cambrioleurs de Montrouge ne savaient pas qui était Picasso, parce que la politique n'empoisonnait pas l'art.

Je m'entends très bien avec les fortes personnalités. Je suis très respectueuse, et très libre à la fois, avec les grands artistes ; je suis leur conscience. S'ils tombent dans du *Harper's Bazaar*, je le leur dis. Je garde mon sens critique. Si je me prends à étouffer sous l'admiration, c'est que ce ne sont pas de vrais grands artistes.

— Je t'ai protégée contre Picasso, disait Misia.

Je n'avais guère besoin d'être protégée que contre Misia. Car là où Misia a aimé, l'herbe ne repousse plus. Picasso a fait une immense besogne de nettoyage par le vide, mais je ne me trouvais pas sur le chemin de son aspirateur. L'homme me plaisait. En réalité c'était sa peinture que j'aimais, bien que je n'y comprisse rien. J'étais convaincue et j'aime à l'être. Pour moi, Picasso, c'est la table des logarithmes.

Il a détruit, mais ensuite construit. Il est arrivé à Paris en 1900, quand j'étais enfant, sachant déjà dessiner comme Ingres, quoi qu'en dît Sert. Je suis presque vieille et Picasso travaille toujours ; il est devenu le principe radioactif de la peinture. Notre rencontre ne pouvait se produire qu'à Paris (on ne vit pas en Auvergne, on ne passe pas une vie à Malaga, ni à Barcelone).

Quand je l'ai connu, il revenait de Rome avec Satie et Cocteau. C'était *Parade* ; ses fameux *managers* en carton découpé piétinaient rythmiquement sur la scène du Châtelet.

Il sortait du cubisme et des papiers collés. J'ai assisté ensuite à ses révolutions qui bouleversaient périodiquement la rue La Boétie. J'ai vu ses décors triompher et, successivement, le public se passionner pour *le Tricorne*, pour *Pulcinella*.

Je suis montée souvent dans son antre d'alchimiste. J'ai vu apparaître, passer autour de lui Apollinaire, les cénacles de la rue Huyghens et de la rue Ravignan, soit directement, soit à travers ce que m'en disaient Reverdy ou Max Jacob. Je l'ai vu cesser d'être l'exclusivité de Manolo et de Paysan, de Grenwitz et du baron Mollet, pour devenir l'égal de Staline et de Roosevelt. J'ai vu Ambroise Vollard et Rosenberg tourner autour du trésor qui fabriquait des trésors. J'ai vu Cocteau dans le pas de la séduction, Dada flirter, les surréalistes l'encenser. J'ai vu les Modigliani et les Juan Gris disparaître, et Picasso demeurer. Apollinaire disait de lui que son rythme intérieur a la monotonie du rythme arabe. Les siècles passent, les civilisations s'effondrent, Allah reste grand et Picasso est son prophète. C'est aussi un démon. Il reviendra troubler des générations de jeunes peintres dans les tables tournantes. Quand il sera au Louvre, ses guitares effraieront, la nuit, le pompier de service et ses statues iront dans l'obscurité se promener toutes seules, en dépit des rondes, à l'étage des Égyptiens.

Forain

Entre Forain et moi, tout alla bien. J'étais jeune, sans défense. Il y eut suspension d'armes. Il prit à forfait mon éducation. Il m'emmenait au cabaret. La gueule de travers, l'œil pointu, la sensibilité à vif, le cœur toujours tendu, se servant de ses cordes vocales comme de la corde d'un arc, lui-même percé d'autant de flèches qu'il en décochait, Forain m'expliquait ce Paris d'il y a un quart de siècle, qui ressemblait encore, par sa résonance et son exiguïté, au Paris du Second Empire.

— Tu aimes la mère Edwards ? Méfie-toi de ces gens-là. C'est des salauds ! Ce n'est pas fait pour toi... Ma fille, l'humanité n'est pas belle... Tu donnes dans les pédés, à ce qu'on me dit... Je te le répète une dernière fois : les tantes, c'est tous des salauds !

Ça continuait ainsi la journée entière. C'était en juillet. Il ne pouvait pas quitter le macadam. Moi j'étais retenue par ma collection. Paris en juillet, c'est enchanteur. Tout est beau et vide, les Parisiens d'occasion sont partis. On a la ville à soi.

— Allons dîner. Je ne te quitte plus... Qu'est-ce que c'est encore ? C'est toi, Jean-Loup ? (sortait le fils Forain). Qu'est-ce que tu veux ?

— Papa, donne-moi une thune.

— Non.

Forain passait son pardessus, enroulait autour de sa gorge enrouée son cache-nez à la Bruant.

— Papa, donne-moi une thune...

— M... !

Forain nettoyait ses pinceaux, les mettait à tremper dans la térébenthine.

— Papa, donne-moi une thune...

Le visage du père s'éclairait soudain :
— Est-il gentil !

— Oui, disais-je pour lui faire plaisir, il est charmant, votre fils.

L'amour de Forain pour Jean-Loup en recevait un dernier éclat, comme un feu sur lequel on souffle.

— C'est vrai ? Tu le trouves charmant ?

Nous allions dîner.

Je lui parlais de Marie Laurencin, dont les Groult s'assuraient alors l'exclusivité.

— Sa peinture, c'est du travail de dame... C'est une piqueuse de bottines.

Il se détendait, sa bouche devenait moins amère, il me demandait de lui chanter une chanson. Il aimait surtout celle-ci :

> *Il monta sur la montagne*
> *Pour entendre le canon*
> *Le canon tonna si fort*
> *Qu'il fit dans son pantalon...*

C'était aux Gaufres. Il saisissait Georges Hugo au bar, par le pan de son veston anglais, en grosse étoffe à carreaux comme une couverture de cheval !

— Écoute ça, Georges :

Le canon tonna si fort…

Il m'apprenait la vie :

— N'aie jamais confiance dans les gens bêtes ; choisis plutôt les malhonnêtes gens.

Ou encore :

— Méfie-toi des drogués. La drogue, ça ne rend pas méchant, mais ça fait sortir la méchanceté.

Nous nous séparions :

— Je veux faire ton portrait. Viens à l'atelier.

J'entrais chez Forain. Je me préparais à monter au second étage. Mais, dès le premier, j'étais happée par Madame Forain.

— Il faut absolument que je fasse votre portrait…, me disait-elle.

Elle ne me lâchait plus. Forain, impatient, m'attendait en haut, sur le palier.

— Tu as été arrêtée en route par Madame Forain, hein, avoue tout ! Elle a voulu t'empê-

cher de venir poser ? La garce, elle me paiera
ça !

Forain se mouchait dans un mouchoir
rouge.

— Je vais te raconter sa dernière, je vais te
dire ce qu'elle a trouvé... Elle m'a fait mes poches... elle a mis la main sur des lettres
d'amour... Elle ne m'en a pas soufflé mot,
mais elle les a collées sur son éventail, simplement ! Là-dessus dans un grand dîner, elle a
déplié son éventail, devant tout le monde...

Faubourg Saint-Honoré

C'est vers cette époque que je quittai l'hôtel Ritz et m'installai faubourg Saint-Honoré.

On a dit, à propos de cette installation, que j'avais appris en Angleterre le luxe des intérieurs. C'est faux ; le luxe, pour moi, c'était la maison de l'oncle d'Issoire et ce l'est resté : beaux meubles auvergnats « polis par les ans », bois sombres et lourds de la campagne, cerisier violet, poirier noir sous leur patine, pareils à des crédences espagnoles ou à des dressoirs flamands, horloges de Boulle dans un pied d'écaille, armoires dont les planches plient sous le linge. J'avais cru avoir une enfance modeste, je m'aperçois qu'elle était somptueuse. En Auvergne, tout était vrai, tout était grand.

C'est dire que lorsque j'arrivai à Paris, je fus peu éblouie. Les personnes m'émerveillaient, non leur décor. Je voulus connaître Cécile Sorel, dont les chroniqueurs de *l'Illustration* (numéro de Noël) entretenaient leurs lecteurs de province. Capel m'emmena chez elle. C'était vers 1916. À table, une dame ne me quittait pas des yeux : c'était Misia. J'étais assise à côté de Sert. Sorel me plaisait, mais les boiseries non frottées me paraissaient être en plâtre, la nappe d'or n'était pas en or, et sale par-dessus le marché ; on avait posé, par hasard, des fruits sur les taches pour faire paradis terrestre. L'argenterie était encore moins astiquée que les meubles.

En face de moi, la dame au petit chignon en forme de coquillage, sorte de mandarine tenue posée sur le sommet de la tête, s'empara de moi après le dîner, ne me quitta plus.

— Moi aussi, j'habite sur le quai, à côté d'ici.

Venez me voir.

Misia habitait au-dessus du *Journal officiel* (c'est ainsi) au deuxième et dernier étage d'une petite maison ancienne, située au coin de la rue de Beaune. Quand je vis tout cet entassement d'objets, je la crus antiquaire. Capel, qui m'accompagnait, le crut comme moi. Il demanda sans vergogne : « Est-ce à vendre ? » Ces poissons en aquarium, ces bateaux dans les bouteilles, ces nègres en verre filé, ces vitrines pleines d'éventails pailletés d'acier avec vue de la place Royale, j'ai tout cela en horreur. Ça sentait la saleté en dessous ; aucune surface sur quoi le chiffon pût passer, l'encaustique s'étaler ; à peine le souffle superficiel de cet horrible instrument, le plumeau, qu'on ne voit plus heureusement que sous le bras du domestique, au premier acte, dans les pièces. Même doctrine du bric-à-brac chez Catherine d'Erlanger ; cela grimpe le long des murs, s'entasse sous les tables, prolifère dans les escaliers, les placards ne ferment plus... Où en étais-je ? Voici : je retrouve le fil de mes idées. Quand j'habitai, plus tard, l'Angleterre, j'y retrouvai le luxe de l'oncle d'Issoire, les chênes cirés à la cire blanche, les grands meubles, le vrai, la haute époque avec sérénité. Un intérieur, c'est la projection naturelle d'une âme et Balzac a eu raison d'y attacher autant d'importance qu'à l'habit.

Je meublai donc le faubourg Saint-Honoré. Partout un moelleux tapis, couleur *colorado claro*, à reflets soyeux, comme les bons cigares, tissé à mon goût, des rideaux de velours marron à galons dorés, qui ressemblaient aux couronnes ceinturées de soie jaune de Winston. Je ne discutais jamais les prix ; seuls mes amis protestaient, et Misia s'arrachait le chignon. Polovtzoff avait acheté du duc de C., pour 100 000 francs, un tapis de la Savonnerie...

1922

J'ai connu beaucoup de célébrités, caduques ou en herbe. Si j'en parle, ce n'est pas pour attacher mon wagon à leur train, mais parce que leur société, je l'ai préférée à toutes les autres. Et parce que les gens qui me découvrent, alors qu'ils me fréquentent depuis vingt ans, me font rire.

Après mes journées de travail rue Cambon, coupées d'un thé hâtif, aux Fleurs, faubourg Saint-Honoré, je n'avais guère envie de sortir. Paris, pourtant, vivait à ce moment-là ses années les plus brillantes, les plus curieuses. Londres, New York (je ne parle pas de Berlin, qui se tordait alors dans les affres de la dévaluation, de la faim et de l'expressionnisme) avaient les yeux fixés sur nous. De la rue Cambon à

Montparnasse, je voyais le faubourg Saint-Germain s'adapter, les princesses ouvrir des thés à enseignes de livres fameux, les Russes blancs débarquer, l'Europe se rafistoler une dernière fois tant bien que mal. Les Philippe Berthelot jetaient leur dernier éclat : après sa réconciliation avec le Tigre, Philippe avait, à la fin de la Conférence de la Paix, retrouvé une grande faveur, malgré Poincaré ; elle avait cessé sous Millerand, mais elle lui restait néanmoins ; appuyé sur Bailby, sur son frère André, sur Bader, sur Léon Blum, sur Misia, sur les anciens amis, il demeurait encore un peu la grande puissance qu'il avait été sous Briand, dans les deux premières années de la guerre.

J'ai gardé le souvenir d'un réveillon charmant, rue Cambon, un soir de Noël. Cocteau avait amené les Six. Le groupe de la jeune école de musique, Satie en tête, était dans toute la gloire du *Bœuf* commençant. Poulenc venait d'abandonner l'uniforme, Auric aimait Irène Lagut, Honegger et Darius Milhaud, pas encore père de famille, avaient déjà derrière eux, comme l'on dit, « un bagage », bien que Milhaud ne fût pas encore le Saint-Saëns de cette génération. Germaine Taillefer, ravissante et fraîche, Jane Bathori, Ricardo Viñes, Stravinsky, Morand, Segonzac, Sert, Misia, Godebski, les Philippe Berthelot, nous étions une trentaine. Fargue arriva, annonçant Ravel ; Philippe, son haut front immobile et frisé, menaçait de réciter *la Légende des siècles*, Cocteau avait apporté son jazz de chez Gaya, Segonzac faisait des imitations paysannes, Hélène Berthelot, dans une robe de soie chinoise, qui rappelait le foyer de l'Œuvre. Satie me parlait d'un ballet. Il se taisait soudain, car Misia avec sa brioche sur la tête, inquiète, flairant quelque noire intrigue, rapprochait sa chaise. Satie, sa main derrière sa bouche tordue dans sa barbiche, le binocle vacillant, me murmurait :

— Voici le chat, cachons nos oiseaux...

Cocteau racontait qu'il avait été à Condorcet avec le fils de Mistinguett, « aujourd'hui un médecin avec une grande barbe, qui vit au Brésil ».

La vie simple

L'homme le plus compliqué que j'aie jamais connu, c'était Paul Iribe. Il me reprochait de ne pas être simple. (À cela seul, depuis Jean-Jacques, se reconnaît un être complexe.) Je croyais l'être. Au fond, je ne le suis peut-être pas ? La simplicité, ce n'est pas de marcher pieds nus ou de chausser des sabots, elle vient de l'esprit, elle naît du cœur.

— Je ne comprends pas, dit-il, pourquoi vous avez besoin de tant de pièces... Que signifient tous ces objets ? Votre mode de vie vous ruine. Quel coulage ! À quoi servent tous ces domestiques ? On mange trop bien chez vous. J'y viendrais plus souvent, je vivrais peut-être près de vous, si vous saviez vous contenter de rien. Je déteste les gestes inutiles, les dépenses somptuaires et les êtres compliqués.

Prise de l'hypocrite désir de raréfier mes besoins et d'un désir sincère de lui être agréable, je répondis :

— Soit. Je vais devenir simple. Je vais réduire mon train de vie.

Non loin de la rue Cambon, je découvris un *family house* où je louai deux pièces. Comme ce logement modeste ne comptait pas de salle de bains, j'en fis faire une. J'installai l'autre, disposai mes livres favoris, un Coromandel, deux chauffeuses, quelques beaux tapis. En me voyant quitter ma maison, Iribe fut irrité, jaloux, malheureux.

— Je vis en pension, lui dis-je. C'est très commode ; je suis à deux pas de chez moi, je vais commencer à mener la fameuse vie simple.

— Cela vous amuse, fit-il, de jouer à la midinette ?

Je lui répondis qu'il était cause de tout ce changement. J'attendais qu'il louât, à son tour, quelque modeste chambre, puisqu'il aimait tant la vie simple. Mais il n'en fit rien et me demanda avec irritation :

— Vous êtes heureuse ?

— Très heureuse.

— Vous jouez à quoi ? Comptez-vous rester là longtemps ?

J'eus une scène.

— Vous vouliez que je quitte les lambris, le marbre et le fer forgé : voici ma chaumière. La concierge fait sa cuisine dans l'escalier. On heurte du pied les boîtes de lait vides. N'est-ce pas la vie que vous désirez que je mène et que vous-même souhaitez mener ?

— Croyez-vous que j'aie coutume d'habiter de tels taudis ? fit-il, avec dégoût.

Et il alla en face, s'installer au Ritz.

Mes rapports avec Iribe furent passionnels. Combien je déteste la passion ! Quelle abomination, quelle affreuse maladie ! Le passionné est un athlète, il ne connaît ni la faim, ni le froid, ni la fatigue ; il vit par un miracle. La passion, c'est Lourdes tous les jours : voyez cette vieille paralytique atteinte dans ce qu'elle adore : elle dégringole l'escalier avec des jambes de vingt ans. Le passionné ignore le monde extérieur, les autres êtres ; il ne voit en eux que des instruments ; le temps, le bonheur, les droits du voisin n'existent pas pour lui ; il ne connaît pas d'obstacles, il vient à bout de tout ; il est capable d'une patience de fourmi et d'une force d'éléphant. Il n'a aucun respect humain. La passion est, avec la peur, le vrai paroxysme. Le passionné ira réveiller le président de la République pour satisfaire son vice, ou il commettra sans hésiter n'importe quel méfait et s'endormira, apaisé.

J'ai eu pour Paul Iribe beaucoup d'affection et de tendresse, mais maintenant qu'il est mort, et après si longtemps, je ne puis penser sans irritation à l'atmosphère passionnelle dont il m'entourait. Il m'épuisait, ruinait ma santé. Quand Iribe avait quitté Paris pour l'Amérique, je commençais à être très connue. Ma célébrité naissante avait éclipsé sa gloire déclinante. Inconsciemment, il m'aima, à son retour en 193..., pour libérer ce complexe et par une vengeance envers ce qui lui avait été refusé. J'étais pour lui ce Paris qu'il n'avait pu posséder, dominer, qu'il avait été bouder chez Cecil de Mille, au fond des mornes et fastueux studios de Californie. Je lui étais due. Il ne m'avait pas eue quand il eût fallu m'avoir et entendait prendre cette revanche tardive. Trop tardive pour tous les deux ; mais pour apaiser ces fantômes qui s'appellent des complexes, il n'est jamais trop tard.

Iribe m'aimait, mais à cause de tout cela qu'il ne s'avouait, ni ne m'avouait ; il m'aimait avec le secret espoir de me détruire. Il souhaitait que je fusse vaincue, humiliée, il désirait que je meure. Il aurait eu une joie profonde à me voir toute à lui, pauvre, réduite à l'impuissance, paralysée, dans une petite voiture. C'était un être très pervers, très affectueux, très intelligent, très intéressé, d'un raffinement extraordinaire. Il me disait :

— Vous êtes une pauvre idiote.

C'était un Basque d'une étonnante souplesse morale et esthétique, mais, pour la jalousie, un vrai Espagnol. Mon passé l'a torturé.

Iribe a voulu revivre avec moi, pas à pas, tout ce passé vécu sans lui et remonter le cours du temps perdu, en m'en demandant des comptes. Il m'emmena un jour jusqu'au fond de l'Auvergne, au Mont-Dore, pour mettre un pas dans mes jeunes traces. Nous retrouvâmes la maison de mes tantes… En entrant sous cette allée de tilleuls, je croyais vraiment recommencer ma vie. Je restai en arrière. Iribe s'avança seul, il demanda, je ne sais plus sous quel prétexte de location, à voir mes tantes. Elles n'avaient pas désarmé à mon égard, après tant d'années ; on lui répondit que si je me présentais, on ne me recevrait pas.

Il revint vers moi, satisfait, calmé, ayant retrouvé en place tout ce que je lui avais décrit. Sauf que les gens du pays, au lieu de se vêtir de cheviotte ou d'alpaga, s'habillaient maintenant aux Galeries Lafayette, et que les jolies coiffes tuyautées avaient disparu.

De la poésie couturière

Craignant que les journalistes ne s'embêtent pendant le défilé des mannequins, que certains reporters étrangers ne comprennent pas bien mes intentions, je décidai un jour de faire imprimer à leur usage une petit programme pour expliquer la collection, donner les numéros des robes, indiquer le prix, en face de chaque numéro, etc. Dans quelques phrases préliminaires se trouvait la clé du programme. Bref, une sorte de commentaire dirigé qui mâchait la besogne aux journalistes, leur glissait gentiment leur article tout fait, prêt à être télégraphié le soir même. Ce programme eut du succès et les commissionnaires, de même que les rédacteurs en chef, me furent reconnaissants. Les couturiers s'empressèrent à leur tour d'avoir cette idée originale et, par raffinement, se mirent à

rédiger eux-mêmes ; ils étaient non seulement
des artistes, mais des écrivains, parfois même
des penseurs. La presse reprenait en mineur,
commentait, glosait, talmudait.

Ainsi naquit ce lyrisme extravagant, ainsi
s'organisa ce délire que j'ai nommé « la poésie
couturière », publicité aussi coûteuse qu'indi-
gente et inutile.

Ce lyrisme avait déjà montré le bout de
l'oreille lors du baptême des robes. Les noms,
dont j'entendais, dans les autres maisons, parer
les collections, me faisaient tellement rire que,
par réaction, je ne donnai aux miennes que des
numéros. Mon confrère P. n'intitulait-il pas
une de ses créations le *Rêve d'un jeune abbé* ? Le
ridicule tue bien des choses, mais il n'a jamais
tué le ridicule.

La poésie couturière s'est annexé le génie :
on appela Claudel, Valéry, Charlie du Bos,
Kafka, Kierkegaard, Dostoïevsky, Goethe, Dante,
Eschyle à la rescousse. Ce ne furent que des
Connaissances de la beauté, des *Présences du cou-*

turier, des *Théories de la ligne*, que *Prétextes, Préséances* et *Approximations* ! Il y eut, à l'école de Man Ray, une posésie couturière photographique, à l'école de Picasso commenté par Cassandre, une poésie couturière picturale, un dadaïsme couturier, un surréalisme couturier, en attendant l'existentialisme. Il y eut un stakhanovisme couturier : Madame Schiaparelli alla présenter des robes dans les usines.

La poésie couturière donna des cocktails, des bals, des dîners. Le V. P. coula à flots, les fleurs de serre affluèrent, on marchait sur les orchidées.

— Si on ne vend pas, après ça ! soupiraient L., ou P., ou W., ou M.

Si on ne vendait pas « après ça », c'est que c'était raté, ou que la crise s'avérait plus forte que la poésie. Car plus les bouchons sautaient et plus la mévente croissait. Le triomphe des bals Poiret eut un lendemain : seize millions de déficit.

Je n'ai jamais fait un sou de publicité.

Pour soutenir la publicité, la couture donna dans l'extravagance, ce qui est plus qu'un non-sens, un contre-sens, car l'extravagance nuit à la personnalité. On en revint aux oppositions de couleurs, ce qui n'est supportable qu'à la scène ; en ville, aucune femme n'est assez belle pour cela ; avec une robe dans laquelle on apparaît dix minutes, on peut tout se permettre ; la garder une soirée entière, c'est un désastre. On vit surgir des poches en forme de mamelles, des boutons gros comme des soucoupes, des ornements en façon de nez, des bouches sur le derrière, des pattes de fourrure reproduisant des yeux ou des mains, de l'Éluard sur les foulards, et de l'Aragon imprimé à pleins mouchoirs. La punition, là aussi, ne s'est pas fait attendre : les acheteurs américains qu'on essayait d'appâter par l'extraordinaire ont fui (« plaire aux Américains », idée fixe de la poésie couturière), car aujourd'hui le bon goût a passé de l'autre côté de l'Atlantique, les Américains redoutent l'extravagance et laissent pour compte ces pièges trop grossiers. Marie-Louise Bousquet, Geoffroy et Bérard furent les derniers à s'en rendre compte. *Marie Claire*, qui aurait dû s'en tenir à être le trésor des humbles, voulut se souffler jusqu'à devenir *Vogue* et *Harper's Bazaar*. Une femme du peuple qui aurait voulu suivre pas à pas les conseils pratiques de *Marie Claire* eût dû consacrer cinq heures par jour à sa beauté.

— Vous n'êtes jamais contente, me dira-t-on en lisant cette critique de l'avant-guerre.

Je ne suis jamais contente de moi, pourquoi le serais-je d'autrui ? En outre, j'aime prêcher.

Et puis j'ai beaucoup de pudeur. Je crois que la pudeur est la plus jolie vertu de la France. Le manque de pudeur me gâte les gens ; je veux leur en rendre. Quand, devant moi, on manque de pudeur, c'est comme si on m'outrageait, comme si on m'ouvrait mon sac, de force, pour le cambrioler.

… Je n'en ai pas fini avec la poésie couturière…

Par une transition trop naturelle, cela m'amène à parler maintenant des invertis. Les invertis ont eu, et ont encore, sur la mode, beaucoup plus d'influence que les francs-maçons sur le radicalisme, ou que les dominicains sur le Front populaire.

L'inverti est l'ennemi de la femme, mais en même temps, il est hanté par elle. Quand la femme est bête, elle voit en l'inverti un être faible, drôle et peu dangereux ; quand elle est intelligente, elle trouve en lui quelqu'un qui la devine, la comprend, l'écoute ; et comme toutes les femmes, stupides ou fines, adorent la glu des compliments et que seuls les pédérastes savent manier la louange et ont le front, ou la méchanceté, de lancer l'éloge excessif, les femmes sont leurs victimes désignées. Elles sont toujours prêtes à les croire. Elles les adorent ; d'ailleurs ils parlent le même langage acéré, sous-entendu, plein de traits atroces et d'une hypocrisie confondante. Les invertis ne reculent devant rien : ils me rappellent cette histoire sur Madame de Noailles :

— Comment, lui disait-on, avez-vous pu faire à cette dame compliment de l'affreux chapeau, criard de ton, extravagant de forme, avec lequel elle a fait chez vous une entrée sensationnelle ? Vous ne pouviez pas vraiment l'admirer ?

— J'aimais mieux tout que de ne pas lui en parler, répondit Anna.

Les invertis sont toujours aux pieds des femmes : « Ma beauté, mignonne, mon ange, ma sublime… » Ils trouvent qu'il n'y en a jamais assez ; les femmes aussi. Ils leur passent autour du cou des guirlandes de compliments, des colliers de flatteries fleuries, avec lesquels ils les étranglent. Leurs belles amies sont ravies : les femmes ne s'habillent pas pour plaire aux hommes, mais pour plaire aux pédérastes, et pour étonner les autres femmes, parce qu'elles aiment ce qui est outré.

— Ils sont charmants ! Ils ont tant de goût !

Ils ont le goût d'aimer les sourcils épilés, après s'être assurés que cela donne à leurs rivales des têtes de veau, les cheveux dorés, noirs à la racine, les chaussures orthopédiques qui les transforment en infirmes, leur visage plein de graisse puante qui dégoûtera les hommes. Et s'ils réussissent à leur faire faire l'ablation des seins, ils triomphent, Juvénal, ils triomphent !

Que j'en ai vu mourir de jeunes femmes, sous l'influence subtile, enivrante, de « l'affreuse tapette » : la mort, la drogue, la laideur, la ruine, le divorce, le scandale, rien n'est trop bon pour anéantir la concurrence et se venger de la femme. Les folles veulent être des femmes, mais ce sont des femmes très mal.

— Ils sont charmants !

Pour triompher d'elle, ils la suivent comme son ombre, partout, excepté au lit ; les folles se font décorateurs, coiffeurs, ensembliers (!), couturiers surtout. Ils les précipitent dans une excentricité mortelle, dans leur enfer artificiel ; au fond de l'abîme je les vois toutes, mes belles amies d'hier : Béatrix, Florimonde, Clarissa, Barbara, je les puis nommer, les compter, hélas pas sur mes doigts.

Quand je dis *pédérastes*, je parle de l'esprit pédérastique, ce qui est bien entendu, car nous connaissons tous d'excellents pères de famille, pouponniers, faisant tapisserie au bal, cherchant un bon parti pour leurs filles, qui ne sont que des invertis inconscients. Gardes du corps mondains, animateurs de la décadence, ils sont les microbes de cette épidémie ravissante, les inspirateurs des chapeaux véritablement calomnieux, les laudateurs des robes importables, les commentateurs bavards et artificieux des talons-échasses, les propagateurs virulents des meubles capitonnés de satin blanc. Ce sont les seuls hommes qui aiment le fard et le rouge aux ongles. Ils forment l'armée médisante et subtile dont les pédérastes cyniques, barbus, sales, au chignon crasseux, aux doigts rongés, à la dent verdâtre, ne sont que les éclaireurs ; ils n'ont pas les goûts d'avant-garde de cette vieille garde, mais ils assurent la liaison entre elle et la femme ; ils créent le climat. Et leur meilleur véhicule est la poésie couturière.

... Et pas davantage d'art couturier ! Je répète que la couture est une technique, un métier, un commerce. Qu'il arrive qu'elle sache l'art, ce qui est déjà beaucoup, qu'elle émeuve les artistes, qu'elle monte dans leur voiture, en route pour la gloire ; qu'un bavolet à rubans s'immortalise dans un dessin d'Ingres, ou un bibi dans un Renoir, tant mieux, mais c'est un hasard ; c'est comme si une libellule avait pris les *Nymphéas* de Monet pour une vraie barque

et s'était posée dessus. Qu'une toilette cherche
à s'égaler à un beau corps de statue ou à souli-
gner une héroïne sublime, c'est parfait, mais
cela ne justifie pas le couturier à penser, à se
dire, à s'habiller, à poser à l'artiste... en attendant d'échouer en artiste.

J'ai été l'objet d'une grande offensive de la
part des journalistes-poètes-couturiers, trois ans
avant la guerre. Leur chef, Bébé Bérard, avait
organisé la campagne : mon amitié pour Dali
l'exaspérait.

De la richesse

L'argent est probablement une chose maudite, mais notre civilisation tout entière ne vient-elle pas d'une conception morale qui repose sur le mal ? Sans le péché originel, il n'y aurait pas de religion. C'est parce qu'il est une chose maudite que l'argent doit être gaspillé.

Je juge les gens à la façon dont ils dépensent.

Je dirai aux femmes : n'épousez jamais un homme qui a un porte-monnaie.

Oui, ce n'est pas pour gagner de l'argent qu'il faudrait de l'enthousiasme, c'est pour le dépenser. L'argent gagné n'est qu'une preuve matérielle que nous avons eu raison : si une affaire ou une robe ne rapportent rien, c'est qu'elles sont ratées. La richesse n'est pas l'accumulation ; c'est tout le contraire : elle sert à nous libérer ; c'est ce « j'ai tout eu et ce tout n'est rien » de l'empereur philosophe. De même que la vraie culture consiste à flanquer par-dessus bord un certain nombre de choses ; de même que dans la mode, on commence généralement par la chose trop belle, pour arriver au simple.

Je reviendrai là-dessus en parlant de la mode ; je dirai seulement en passant qu'on peut être élégant sans argent.

Mais l'argent pour l'argent, ce sombre fétichisme du trésor, m'est toujours apparu comme une abomination.

L'argent, ce n'est pas beau, c'est commode.

Que les femmes aiment l'argent pour ce qu'il procure, c'est naturel, mais qu'elles l'aiment d'amour, c'est affreux. La figure d'une jolie fille qui vous parle contrats, rentes, assurances sur la vie ou position à terme, devient d'une telle laideur ! Moi je suis de la classe des femmes bêtes, des femmes qui ne pensent qu'à leur travail, et, le travail fini, qu'aux tireuses de cartes, aux histoires des autres, aux événements du jour, aux stupidités.

La seule chose que j'aime vraiment dépenser, c'est ma force. J'emploierai volontiers toute ma force à convaincre et à donner. (Je vous dirai un peu plus loin que la mode est un don que la couturière fait à l'époque.) Il me plaît infiniment plus de donner que de recevoir, que ce soit au travail, en amour ou en amitié. J'ai gaspillé des millions. Les hommes les plus riches que j'ai fréquentés sont ceux qui m'ont coûté le plus cher.

J'aime acheter ; ce qu'il y a d'affreux, c'est qu'après avoir acheté, on possède. Les petites boutiques m'enchantent, merceries, revendeurs, regrattiers, marchandes à la toilette. J'aime les magasins d'antiquités qui ressemblent à ceux de Dickens ou de *la Peau de chagrin*. Quand j'arrive dans une ville, je fuis la « jolie boutique » pleine de ces inventions ineptes que j'ai faites, dix ans plus tôt.

J'ai la haine des possédants. Je préfère ne pas revoir l'argent, les livres, les objets, les êtres que j'ai prêtés.

Je ne tiens qu'à des bêtises, ou à rien, parce que la poésie se réfugie là. Presque tous nos malheurs sentimentaux, sociaux, moraux, viennent de ce que nous ne savons renoncer à rien.

L'amour de l'argent, c'est physique ; cela s'attrape comme une maladie. Je vais vous raconter une histoire vécue, qui ressemble à un conte de Maupassant. J'étais chez moi à Roquebrune, en vacances. Je convoque mon comptable, M. Arsène, qui descend de Paris avec sa dame et sa demoiselle, train de jour, deuxième classe, en honnête homme blanchi sous le *doit* et *avoir*. M. Arsène et sa famille sont mes hôtes pour trois jours. Le troisième jour, le travail terminé, j'apprends que M. Arsène s'est acheté un smoking pour venir dans le Midi et qu'il aimerait ne pas partir sans l'avoir étrenné. « Qu'à cela ne tienne ! M. Arsène, je vous emmène ce soir à Monte Carlo. » Nous entrons dans la salle de jeu.

M. Arsène regarde valser les billets, monter les plaques, dégringoler les jetons. M. Arsène gagna en cinq minutes le traitement d'une année. Je vais me coucher. M. Arsène reste ; il rentre au matin ayant beaucoup gagné et tout reperdu. Retour à Paris. Deux mois plus tard, il y avait un trou dans la comptabilité de la rue Cambon. On découvrit bientôt que M. Arsène avait repris le train et était venu, par deux fois, passer le dimanche à Monte Carlo.

L'argent donne à la vie un agrément décoratif, mais il n'est pas la vie.

C'est comme les bijoux. Rien ne ressemble à un bijou faux comme un très beau bijou. Pourquoi s'hypnotiser sur la belle pierre ? Autant porter un chèque autour du cou. Le bijou a une valeur colorée, une valeur mystique, une valeur ornementale : toutes les valeurs, sauf celles qu'on traduit en carats. Si le bijou est un signe, abstrait, alors il est le signe de la bassesse, de l'injustice ou de la vieillesse ; les très beaux bijoux me font penser aux rides, aux peaux flasques des douairières, aux doigts osseux, à la mort, aux testaments, aux notaires, à Borniol. Une boucle d'oreille très blanche sur le lobe d'une oreille très hâlée m'enchante. Un jour, au Lido, je voyais une vieille Américaine respectable assise sous un parasol ; toutes les jeunes Américaines qui se préparaient à entrer au bain lui confiaient leurs bijoux ; finalement elle avait l'air d'une de nos Saintes Vierges auvergnates cloutées de cabochons ; le trésor de Saint-Marc pâlissait à côté d'elle. « Combien ces jeunes femmes seraient plus belles, pensais-je, si elles faisaient tremper leurs perles dans les flots, dans l'élément-mère ; et comme leurs bijoux prendraient d'éclat à être portés sur une peau dorée par le soleil, à même le sable ! » L'œil fixe, égaré de convoitise, le regard priseur des femmes qui admirent le diadème ou les bracelets d'une autre femme qui entre dans une soirée me font rêver. J'adore prêter mes bijoux, comme je prêterais une écharpe ou une paire de bas. La joie qu'ont les femmes à se contempler avec mes bijoux, et ce gentil sourire reconnaissant où perce l'envie de me tuer, je ne m'en lasse pas...

Pas plus que l'étoffe chère et tissée de matières précieuses, le bijou riche n'enrichit la femme qui le porte ; si celle-ci est pauvre d'aspect, elle le restera. Les bijoux servent à faire honneur à ceux chez qui, et pour qui, on les porte. Je suis volontiers couverte de bijoux parce que, sur moi, ils ont toujours l'air faux. La fureur de vouloir éblouir m'écœure ; le bijou n'est pas fait pour provoquer l'envie ; tout au plus l'étonnement. Il doit rester un ornement et un amusement. Il faut regarder les bijoux avec innocence, avec naïveté, comme on jouit d'un pommier en fleur, sur le bord d'une route, en passant très vite en auto. Les gens du peuple le comprennent ainsi ; pour eux le bijou fait partie du rang social. Une reine sans diadème n'est pas une reine. Au printemps 1936, il y eut la révolution à Paris, et aussi chez moi, rue Cambon. Je décidai d'aller parler aux rebelles : « Que Mademoiselle ôte ses bijoux ! » me dit Angèle, très effrayée. « Allez chercher toutes mes perles, répondis-je, je ne monterai aux ateliers que lorsque je les aurai au cou. » Car je tenais à faire honneur à mes ouvrières.

Les œuvres sociales

J'ai commencé avec une demi-douzaine d'ouvrières. J'en ai eu jusqu'à trois mille cinq cents.

En 1936, il y eut chez moi, comme partout, grève sur le tas. (Celui qui a inventé ça était un génie.) C'était gai et charmant. On entendait jouer de l'accordéon dans toute la maison.

— Quelles sont vos revendications ? Êtes-vous mal payées ?

— Non. (Les ouvrières ont toujours été mieux payées chez moi que partout ailleurs, parce que je sais ce que c'est que le travail. Madame Lanvin m'accusa même de lui débaucher ses ouvrières et voulut me mener en correctionnelle.)

— Que demandez-vous ?

— Nous ne voyons pas assez Mademoiselle. Il n'y a que les mannequins qui la voient.

C'était la grève de l'amour, la grève de la faim du cœur.

— Je veux faire quelque chose pour vous, dis-je alors au personnel. Je vous donne ma maison.

Remerciements de la CGT. Délégations syndicales. Les nouveaux patrons partent à la recherche de capitaux, d'un fonds de roulement, promettent de revenir bientôt ; je les attends encore.

À Mimizan, dans les Landes, j'ai organisé une colonie de vacances ouvrières. Cette expérience me coûta des millions que je ne regrette pas. On construisit des baraquements pour trois ou quatre cents femmes. J'assurai les frais de voyage et, pour qu'elles ne s'offensent pas, en deuxième classe, avec un mois de vacances payées, au lieu des quinze jours légaux.

Cela dura trois ans. C'était joli, charmant, très gai, car je ne voulais pas faire de Mimizan un pénitencier.

Au bout de trois ans, le maire m'a priée de
cesser, puis il m'en a donné l'ordre. Motif : ces
femmes seules prenaient, disait-il, les hommes
de la région. Les Landaises n'étaient pas à la
hauteur des circonstances.

Stravinsky

En 192… je connus Stravinsky. Il habitait alors chez Pleyel, le vieux, rue Rochechouart. Il était encore très peu cosmopolite, très Russe dans ses façons, l'air d'un fonctionnaire dans une nouvelle de Tchekhov. Une petite moustache sur un grand nez de rongeur. Il était jeune et timide ; je lui plaisais. Dans ce milieu, je n'avais de goût vif que pour Picasso, mais il n'était pas libre. Stravinsky me fit la cour.

— Vous êtes marié, Igor, lui disais-je ; quand Catherine, votre femme, saura…

Et lui, très Russe :

— Elle sait que je vous aime. À qui donc, sinon à elle, pourrais-je confier une chose si grande ?

Sans être jalouse, Misia commençait à potiner. Elle avait flairé que quelque chose se passait en dehors d'elle :

— Qu'est-ce que vous faites ? Où allez-vous ? On me dit qu'Igor sort ton chien, explique-toi !

— Je pourrais donner un concert salle Gaveau, me confie Stravinsky un jour, mais je n'ai pas de garantie suffisante.

Je lui répondis que j'en faisais mon affaire. Ansermet est convoqué. Tout s'arrange.

— Maintenant, dis-je à Stravinsky, il faut en parler à Misia. Allez-y.

Stravinsky y va.

Le lendemain, un dimanche matin, je pars à pied faire le tour de Longchamp.

Misia : « Je suis suffoquée par le chagrin. Quand je pense que Stravinsky a accepté de l'argent de toi ! »

J'avais déjà eu, à propos de Diaghilev, le même « quand je pense... », mais ici, Misia redoutait une catastrophe de toute autre envergure : que Stravinsky divorçât pour m'épouser. Sert se mettait de la partie. Il alla prendre Igor à part.

— Môssieu, M. Capel m'a confié Madmachelle ; un homme comme vous, Môssieu, ça s'appelle un m...

Et Misia revenait à moi, attisant le drame :

— Stravinsky est dans la chambre à côté. Il veut savoir si tu l'épouseras ou non. Il se tord les mains.

Ceci dit, le ménage Sert, tout à la culture de la souffrance amoureuse, chambra Stravinsky. Jusqu'au jour où je dis à Ansermet :

— C'est idiot, les Sert sont fous. Tout le monde parle de cette histoire. Picasso fait des mots. Qu'Igor revienne et soyons camarades.

Stravinsky revint. Il revint chaque jour, m'apprit la musique ; le peu que j'en sais, je le lui dois. Il me parlait de Wagner, de Beethoven, sa bête noire, de la Russie. Enfin un jour :

— Les Ballets partent pour l'Espagne, me dit Stravinsky. Venez avec nous.

— J'irai vous retrouver.

Je reste seule à Paris. Le grand-duc Dimitri, que je n'avais pas vu depuis 1914, arrive à Paris, sur ces entrefaites. Nous dînâmes ensemble.

Je le revis le lendemain. Très camarade, je lui
dis :

— Je viens d'acheter une petite Rolls bleue,
allons à Monte Carlo.

— Je suis sans argent, je n'ai que
15 000 francs...

— J'en mets autant, répondis-je au grand-
duc. Avec 30 000, nous aurons de quoi nous
amuser une semaine.

Nous partons.

Misia veillait. Elle télégraphie aussitôt en Espagne, à Stravinsky : « Coco est une midinette
qui préfère les grands-ducs aux artistes. »

Stravinsky faillit crever. Diaghilev me télé-
graphiait : « Ne viens pas, il veut te tuer. »

Cette aventure, dont je ris aujourd'hui, a
changé toute la vie d'Igor. Elle l'a transformé.
D'un homme effacé, timide, elle a fait, contrairement à ce qui aurait dû se passer normale-
ment, un homme dur et monoclé ; d'un conquis,
un conquérant. Comme beaucoup de musiciens,
Igor est devenu un excellent homme d'affaires, il
a un sens très précis de ses droits artistiques et
défend très bien ses intérêts.

Je fus brouillée pendant des semaines avec Misia, à la suite de ce télégramme perfide. Elle me jura qu'elle n'avait rien envoyé de pareil. Une fois de plus, je pardonnai. Quoi qu'il en soit, Misia a tourné la roue du destin, elle a tourné aussi la page ; elle est intervenue, et ce jour-là, Stravinsky et moi, nous ne lûmes pas plus avant.

Les gens du monde

Ici, je vais rager un peu contre l'époque. Que ceux que ça ennuie passent les pages. Je sais que j'aurai l'air d'être le Léon Bloy de la couture, mais tant pis. Je suis, raconte-t-on souvent, une anarchiste.

J'ai employé des gens du monde, non pas pour flatter ma vanité, ou pour les humilier (j'eus d'autres revanches, en admettant que je les cherchasse), mais, comme je l'ai dit, parce qu'ils m'étaient utiles et parce qu'ils circulaient dans Paris, pour mon service ; moi, j'allais me coucher. Grâce à eux, j'étais au courant de tout, comme Marcel Proust, du fond de son lit, savait ce qui s'était dit à tous les dîners de la veille. Je sais ce que c'est que le travail. Je n'ai jamais payé des fainéants. Le comte

Étienne besognait même si fort qu'il me débaucha les commissionnaires en sous-main ; il les dirigeait sur son hôtel particulier où il avait installé un second atelier, sans renoncer d'ailleurs à celui qu'il avait chez moi. Je le remerciai, car tout salaire mérite peine. Je n'aime pas les amateurs qui prennent la place des autres, que ce soit en littérature ou en couture. Il est immoral de jouer à gagner sa vie.

À propos de littérature, un journal américain me demanda, il y a quelque dix ans, une chronique mensuelle du genre de : « Ce que pense Mlle C. sur… » Je commençai quelques articles ; cela m'ennuya vite. Je proposai alors à l'éditeur de faire faire ces papiers par la princesse Marthe… qui écrit si joliment qu'on dirait, par un retour des choses d'outre-tombe, que c'est Anatole France cette fois qui tient la plume pour Mme Arman. Il s'agissait naturellement, dans ces impressions que je devais inspirer sans les écrire, de me mettre en scène. Dès le premier article de la Princesse de conte de fées, l'auteur avait consacré la moitié de la chronique à sa propre louange, un autre quart à Paris, Ville Lumière destinée à lui servir de projecteur ; elle employait le reste à me découvrir. « Paris était rose, couleur de perle, l'heure était douce, ma voiture arrêtée rue Cambon, je posai mon pied sur le trottoir : mes yeux rencontrèrent par hasard un joli sweater jaune ; j'entrai, émerveillée par ce génie trop modeste et inventif des petites couturières qui semble voler au-devant de nos désirs de grandes dames... » etc. Vous voyez le genre. La princesse n'eut pas ses dollars ; c'était du travail malhonnête.

J'ai surtout fait travailler des étrangers. Le Français a une grande facilité à demander des faveurs pour lui-même, mais ne veut rien devoir à personne. (J'aime, au contraire, beaucoup à demander pour les autres.) Quand j'habillais des Parisiennes sans facture, elles m'éreintaient, pour montrer leur indépendance. J'ai fini par les payer directement. On me disait :

— Pourquoi leur donner tout cet argent ?

Je répondais :

— Pour dire du mal de moi.

Quand j'emmenais des amis du gratin faire un voyage, je payais toujours, parce que les gens du monde deviennent amusants et charmants quand ils sont sûrs que leur plaisir sera gratuit. J'achetais, en somme, leur bonne humeur. Ils sont d'une malhonnêteté irrésistible. À Berlin, la duchesse (ici, un nom italien), qui m'accompagnait, se fit livrer un superbe manteau de peau, au moment du départ, à l'hôtel où nous étions descendues. J'étais de mauvaise humeur, ce matin-là.

— Je refuse de payer ça, dis-je.

— Oh ! Mais il n'y a rien à payer, me répondit son ami (car j'avais aussi emmené, naturellement, l'ami de la duchesse).

— Comment cela ?

— Nous partirons sans payer. Aurélia n'a pas donné son nom…

Il ne s'agissait, en somme, que de mettre un vol sur mon compte. J'aime beaucoup Aurélia ; c'est une grande courtisane, en retard de quatre siècles.

Oui, les gens du monde m'amusent plus que les autres. Ils me font rire. Ils ont de l'esprit,

du tact, une perfidie ravissante, une désinvolture de bonne classe, une insolence très précise,
très acérée, toujours en éveil ; ils savent entrer à
point, et sortir quand il faut.

Ceci dit, je trouve effrayant pour l'époque
que la riche baronne de R. ou la très élégante
Mrs B. aient couché avec mon confrère P. (que
Dieu ait son âme !) pour avoir des robes qu'elles
pouvaient fort bien payer ; ceci au su de leurs
maris et amants, bien entendu. En cela, je suis
anarchiste. Si cela doit continuer, et s'aggraver,
j'aime mieux les bolcheviks. D'ailleurs une société ne disparaît pas pour des raisons mystérieu-
ses : elle s'effondre pour ces petits motifs-là.

Les gens du monde n'ont conservé de leurs
aïeux qu'une totale ignorance de la plus élé-
mentaire probité commerciale ; pour eux, c'est
tous les jours dimanche, et tout le monde est
Monsieur Dimanche. Tant qu'ils ne faisaient
pas d'affaires, cela restait cantonné dans le domaine mondain, mais aujourd'hui, hélas, ils en
font. En couture, j'ai rarement observé qu'ils
fussent restés des preux.

Mon amie Madame de V., donna à Paris, dans sa jolie maison, un dîner par petites tables, pour nos grands couturiers. C'était, en réalité, ce même P. qui devait être le roi de la fête. Le dîner était précédé d'un cocktail dans le jardin. La maîtresse de maison insistait oralement, priant les gens de rester. J'allai à sa table ; je ne trouvai pas ma place, bien qu'on m'eût dit que j'y étais attendue. Pendant que je cherchais, les autres tables s'étaient organisées, que mes confrères présidaient. J'avisai alors un petit guéridon, près d'un paravent, et m'installai, seule. Le maître d'hôtel qui faisait les extras et servait souvent chez moi, fut le premier à s'apercevoir de ma quarantaine.

— Mademoiselle ne peut rester là, toute seule.

— Je suis très bien. Apportez-moi du poulet froid.

— Voici du champagne, du vrai, pas du V. P. Car il y a les deux qualités, suivant les tables.

Je mis mes grandes lunettes et, très amusée, j'observai. Autour de mes confrères, il y avait

toute cette brillante société parisienne qu'ils habillent. La fête était charmante, mais je voyais
bien que la terreur régnait. Mes bonnes amies
auraient bien voulu me faire une politesse,
venir à ma table, mais elles n'osaient pas, de
peur d'être privées de leur prochaine robe du
soir.

Bref, je fus privée de dessert. Le lendemain
matin, naturellement, mon hôtesse de la veille
me téléphonait qu'elle avait appris trop tard
que j'avais été mise en pénitence, qu'elle était
ma meilleure amie, que personne à Paris ne
m'allait à la cheville, et mille gentillesses d'une
perfidie exquise. Tout cela ne s'expliquait que
par un besoin de surenchère, car n'ayant,
comme les autres, plus rien à refuser à P., cet
ancien commis, elle avait voulu faire mieux encore, pour lui plaire.

Les rois ont disparu, mais les courtisanes
sont restées.

Des pauvres femmes

Je les plains. Ce sont de pauvres choses. Elles n'ont pas été élevées pour cette bagarre où nous vivons. Elles veulent voter, fumer, se servir d'armes qu'elles ne connaissent pas ; elles conduisent des camions ; si encore elles allaient au fossé ! Mais non, elle les conduisent bien, c'est là la vraie catastrophe. Elles avaient le chagrin, les larmes, le revolver de chez Gastinne Renette, avec acquittement, il leur faut mieux. Elles n'ont pas compris, dans leur chasse à l'homme, que l'homme adore les victimes (celles des autres, pas les leurs, naturellement).

Je plains les femmes parce qu'elles se trompent toujours. Elles rapportent tout à elles. Elles veulent plaire au passant et le passant ne le sait pas. Elles ne savent pas que leurs qualités (surtout si ces qualités sont masculines) font fuir l'homme.

Elles cachent leurs défauts au lieu de les tenir pour un charme de plus. Il faut savoir jouer, ruser avec ses défauts ; si on sait bien s'en servir, on obtient tout. Il faut cacher ses vertus si on en a, mais qu'on sache qu'elles sont là. Les hommes sont presque tous malhonnêtes ; les femmes le sont toutes.

Je n'ai pas d'amitié pour les femmes. Sauf Misia, elles ne m'amusent jamais. Elles sont frivoles, alors que je suis légère, mais frivole jamais. Plus je vieillis, plus je deviens légère. Une femme très bien, ça embête les femmes et ça ennuie les hommes.

Une femme = envie + vanité + besoin de bavarder + confusion d'esprit. Ceci dit, j'adore la coquetterie des femmes. Tant d'hommes, tant de pauvres filles, tant d'industries en vivent ! Il y a bien plus de gens qui vivent du gaspillage des femmes que de gens qui en meurent.

Les femmes choisissent une robe sur la couleur ; si l'essentiel ne leur échappait pas, elles seraient des hommes. Passe encore pour des clientes, mais j'enrage d'ouvrir mes salons à des cruches dont c'est le métier de regarder une collection et qui ne savent pas voir.

Les femmes, quand elles voient une robe nouvelle, perdent la tête. On salirait la robe blanche du modèle... Les femmes copient les hommes, sans se rendre compte que ce qui les embellit, eux, les enlaidit, elles.

Les voilà maintenant qui font leur toilette à table ! Elles posent un *vanity case* en or, du poids d'un lingot, à côté de leur assiette, elles se maquillent avec leur serviette. Elles mettent le peigne à côté de la fourchette. Il y a des cheveux blonds dans le bouillon. Elles prennent le rouge à lèvres pour une fraise. Elles poudrent d'ocre la sauce blanche. Quand je les vois se servir une escalope, je me demande si c'est pour mettre sur leurs joues ou dedans.

Et au lit ! Voyez-les avec leur figure couverte de graisse noire qui salit l'oreiller, les bigoudis, les soutien-menton, l'huile sur les paupières. Pauvre mari ! Comme elle l'a attrapé, inutile désormais de lui plaire ; elle veut plaire aux autres, à ceux qu'elle voit dans la journée, qui ne l'intéressent pas, ou qui ne l'excitent que dans la mesure où ils se fichent d'elle. Les femmes aiment d'amour la mode ; jamais elles ne lui sacrifient un amant. Tous me disent : « Quelle chance ! Vous ne vous mettez pas de rouge aux ongles ! » Aucune femme, en entendant cela, n'a l'idée de leur être agréable et de ne plus en mettre.

Les voici condamnées à l'humiliation des avances. Leur pied cherche un pied d'homme sous la table, trop heureux si le pied ne se retire pas. Et elles se plaindront de n'être pas aimées ! Elles enferment, par leurs bavardages vaniteux, l'homme dans ce dilemme : si c'est un homme bien élevé et réservé, elles diront : « C'est un pédé. » Et s'il fait attention à elles : « Il m'a sauté dessus. » Si celles qui devraient donner l'exemple se conduisent ainsi, jugez des autres. (Ma foi, les autres se conduisent heureusement beaucoup mieux.)

Je n'ai jamais connu d'homme qui arrive par les femmes. Par contre, j'en ai connu beaucoup que les femmes ont coulés. Car beaucoup d'hommes sont jugés, d'ailleurs injustement, d'après leur femme. Les épouses retardent la carrière de leur mari plus souvent qu'elles ne l'avancent.

Il y a mille façons de trahir un homme et très peu de le tromper : des achats inconsidérés ou stupides, un comportement idiot, des haines personnelles à base de vanité, une mauvaise haleine ou une mauvaise éducation. (Alors que tromper n'a qu'un sens = les sens.) On trahit un homme en restant muette à table, comme une souche, et en gelant l'atmosphère ; on le trahit aussi en récitant une petite leçon apprise pour le dîner. En n'étant pas à la mode ; ou en l'étant trop, en conduisant des camions, en s'habillant en WAX, en parlant le langage du jour : « se dédouaner », « s'en tasser jusque-là », « d'accord », « formidable », etc. Tant de femmes mettent en position d'infériorité l'homme qu'elles aiment.

Je ne parle même pas des très jeunes, qui ont des excuses, mais des vieilles, ce sont les pires. Pourquoi toutes ces anciennes beautés se patient-elles si mal ?

Ce qu'elles arrivent à dire devant leur mari confond l'imagination : C., le plus charmant, le plus séduisant de nos écrivains, admirait chez moi une statue de jardin.

— Que cette personne est belle et reposante, disait-il.

— Prenez-la. Je vous la donne.

— Où vas-tu mettre ça ! rage sa dame.

Il va falloir déménager !

Lui, gêné, répond :

— Je ne la prendrai jamais, mais ça me touche tellement... (Le lendemain, c'est d'ailleurs elle qui la fait prendre.)

— Je suis heureuse de vous la donner, dis-je, parce que je vous admire.

— Oh ! répond la légitime, furieuse, si vous lui faites des compliments !

Écoutez maintenant la femme d'un fameux médecin ; on parle de l'emploi du temps du professeur :

— Le mardi... consultation. Le mercredi... cours à la Faculté. Le jeudi... ah ! Le jeudi est réservé à l'amour. Et je vous prie de croire que le professeur ne s'ennuie pas !

Écoutez encore la femme d'un industriel :

— Alors tu trouves que cette robe ne me va pas ! Je m'habille mal, sans doute ? (Commencement de scène, à dîner.)

— On voit trop tes cuisses… répond M. Mathis.

— Ose dire que tu ne les aimes pas, mes cuisses ? Elles t'ont rendu assez de services, ces cuisses-là !

Tous ces traits sont pris sur le vif. Et ils sortent de la bouche des personnes les plus en vue à Paris (dont aucune, heureusement pour Paris, n'est parisienne. Et pas des enfants, des quinquagénaires !)

J'ai bien plus peur d'une femme que d'un homme.

Il y a aussi l'excès contraire, qui est pire, la femme savante, la poétesse, la politiquée.

Je préfère une femme qui aime les nègres à une femme qui aime les académiciens.

Les deux seules femmes écrivains qui m'ont plu, c'est Madame de Noailles et Colette. La comtesse a voulu m'éblouir. Elle s'était fait la figure de Cocteau et Cocteau l'écriture d'Anna. Elle ne mangeait pas à table, de peur qu'on lui coupe la parole ; et quand elle buvait, c'était le verre du conférencier ; elle faisait signe de la main que sa phrase n'était pas finie. Elle regardait dans mes yeux ce qui me plaisait dans tout ce qu'elle disait. D'ailleurs j'étais la seule personne à m'apercevoir que ce qu'elle disait était intelligent.

J'aime Colette, avec ses pieds d'apôtre et son accent. Mais elle a tort de se laisser engraisser. Cette femme si intelligente n'a pas compris que le physique avait de l'importance. Elle fait la fanfaronne, en gourmandise. Deux saucisses lui suffiraient ; deux douzaines, c'est de l'affectation. Il s'agit d'étonner Saint-Tropez. Et plus elle se sent gênée par son embonpoint, plus elle l'exagère. Si j'avais été intelligente (et à plus forte raison intellectuelle) j'étais perdue ; mon incompréhension, mon désir de ne pas écouter, mes œillères, mon entêtement, ont été les vraies causes de mon succès.

Les femmes ne m'amusent jamais. Je n'ai pas d'amitié pour elles. (Elles ne savent d'ailleurs pas ce que cela veut dire.) D'ailleurs l'amitié, en France, est une gageure.

Le mot « honneur » n'a aucun sens pour les femmes.

Elles ne jouent pas le jeu, mais elles entendent qu'on le joue avec elles.

Le pire, c'est le couple.

Ils vous plaisent séparément ; ensemble, ils sont haïssables. Quant à être l'ami des deux, c'est la quadrature du cercle. Le couple est une association ; l'association, l'union-fait-la-force, est ennuyeuse parce qu'elle est utile. L'amour doit être une société de destruction mutuelle, et non de secours. Il est aussi difficile d'assister à la complicité du couple qu'à son désaccord. Le couple ne pense jamais à la situation intenable du tiers ; le couple n'est jamais simple, généreux, spontané ; il n'est que réflexion, combine et égoïsme. Il est inhumain : c'est une création artificielle, une raison sociale. Même si le couple se déteste, il s'aime contre vous ; il est pareil à ces roues dentées qui se mordent, mais en font d'autant mieux avancer la machine.

Mais heureusement que « la femme ne se trouve pas toujours être la femelle du mâle ; il peut y avoir deux êtres parfaitement dissemblables dans un ménage ». C'est Balzac qui dit cela ; c'est consolant. Marie Laurencin disait : « Je déteste cette troisième personne qui a nom le Couple. »

Boy Capel me disait souvent :
— N'oublie pas que tu es une femme...
Il m'arrive trop souvent de l'oublier.

Pour me le rappeler, je me mets devant une glace : je m'aperçois avec mes sourcils au double arc menaçant, mes narines ouvertes comme des naseaux de cavale, mes cheveux plus noirs que le diable, ma bouche qui est comme une crevasse où s'épanche une âme coléreuse et généreuse ; couronnant tout cela, un grand nœud de petite fille allant à l'école, au-dessus de mon visage tourmenté de femme qui n'y fut que trop, à l'école ! Ma peau noire de bohémienne où mes dents et mes perles mettent leur double blancheur ; mon corps, aussi sec que le cep d'une vigne sans grappes ; mes mains de travailleuse, avec des cabochons en faux coup-de-poing américain.

La dureté du miroir me renvoie ma propre dureté ; c'est un combat serré entre lui et moi ; il exprime ce qu'il y a en ma personne de précis, d'efficace, d'optimiste, d'ardent, de réaliste, de combatif, de gouailleur et d'incrédule, qui sent sa Française. Il y a enfin mes yeux d'un brun doré qui commandent l'entrée de mon cœur : là on voit que je suis une femme.

Une pauvre femme.

De la mode
ou Une trouvaille
est faite pour être perdue

Il faut parler de la mode avec enthousiasme, sans démence ; et surtout sans poésie, sans littérature. Une robe n'est ni une tragédie, ni un tableau ; c'est une charmante et éphémère création, non pas une œuvre d'art éternelle. La mode doit mourir et mourir vite, afin que le commerce puisse vivre.

À l'origine de la création, il y a l'invention. L'invention, c'est la graine, c'est le germe. Pour que la plante pousse, il faut la bonne température ; cette température, c'est le luxe. La mode doit naître dans le luxe, ce n'est pas vingt-cinq femmes très élégantes (d'ailleurs habillées gratuitement, ce qui n'est pas luxueux), le luxe c'est d'abord le génie de l'artiste capable de le concevoir et de lui donner forme. Cette forme est ensuite exprimée, traduite, diffusée par des millions de femmes qui s'y conforment.

La création est un don artistique, une collaboration de la couturière et de son temps. Ce n'est pas en apprenant à faire des robes qu'on les réussit (faire la mode et créer la mode, c'est différent) ; la mode n'existe pas seulement dans les robes ; la mode est dans l'air, c'est le vent qui l'apporte, on la pressent, on la respire, elle est au ciel et sur le macadam, elle est partout, elle tient aux idées, aux mœurs, aux événements. S'il n'existe pas, par exemple, en ce moment-ci, de robes d'intérieur, de ces *tea-gowns* chères aux héroïnes de Paul Bourget et de Bataille, c'est sans doute parce que nous vivons à une époque où il n'y a plus d'intérieur.

J'ai créé la mode pendant un quart de siècle. Pourquoi ? Parce que j'ai su exprimer mon temps. J'ai inventé le costume de sport pour moi ; non parce que les autres femmes faisaient du sport, mais parce que j'en faisais. Je ne suis pas sortie parce que j'avais besoin de faire la mode, j'ai fait la mode justement parce que je sortais, parce que j'ai, la première, vécu de la vie du siècle.

Pourquoi les paquebots, les salons, les grands restaurants, ne sont-ils jamais adaptés à leur vraie fin ? Parce qu'ils sont conçus par des dessinateurs qui n'ont jamais vu une tempête, par des architectes qui n'ont jamais été dans le monde, par des décorateurs qui se couchent à neuf heures du soir et dînent en famille. De même, avant moi, les couturières se cachaient, comme des tailleurs, dans leur arrière-boutique, alors que moi je menais la vie moderne, j'avais les façons, les goûts, les besoins de celles que j'habillais.

La mode doit exprimer le lieu, le moment. C'est ici que l'adage commercial *Le client a toujours raison* prend son sens précis et clair ; ce sens-là signifie que la mode est, comme l'occasion, quelque chose qu'il faut saisir aux cheveux. Je regarde une jeune femme à bicyclette, sac en bandoulière, une main chastement posée sur les genoux qui montent et descendent, l'étoffe collée au ventre et à la poitrine, la robe relevée par le vent de la vitesse. Cette jeune femme s'est bâti sa propre mode, suivant ses besoins, comme Crusoë s'est construit sa cabane ; elle est admirable et je l'admire. Je l'admire tant que je n'en vois pas une autre qui arrive sur moi à toute allure. Elle me heurte, nous tombons ensemble, je me retrouve par terre la figure entre ses deux cuisses nues : c'est ravissant. Elle m'engueule, c'est parfait.

— Qu'est-ce que vous regardiez donc, vous ! me dit-elle.

— Je vous regardais, madame, pour m'assurer que je n'étais pas démodée.

Car la mode se promène dans la rue, sans savoir qu'elle existe, jusqu'à ce que je l'aie exprimée à ma façon. La mode est, comme le paysage, un état d'âme, c'est-à-dire le mien.

— Cette robe ne se vendra pas, dis-je parfois à mon personnel, parce qu'elle n'est pas moi.

Il y a une élégance Chanel, il y a eu une élégance 1925 ou 1946, mais il n'y a pas de mode nationale. La mode a un sens dans le temps, aucun dans l'espace. De même qu'il y a des plats mexicains ou grecs, mais pas de véritable cuisine de ces pays, de même il y a des coutumes vestimentaires locales (le plaid écossais, le boléro espagnol), mais rien de plus. La mode s'est faite à Paris, parce que tout le monde s'y rencontrait, depuis des siècles.

Où est alors le génie du couturier ? Le génie, c'est de prévoir. Plus que le grand homme d'État, le grand couturier est un homme qui a de l'avenir dans l'esprit. Son génie, c'est d'inventer en hiver des robes d'été, et inversement. À l'heure où ses clientes prennent des bains de soleil caniculaires, lui pense au gel, aux frimas.

La mode n'est pas un art, c'est un métier. Que l'art se serve de la mode, c'est assez pour la gloire de la mode.

Il vaut mieux suivre la mode, même si elle est laide. S'en éloigner, c'est devenir aussitôt un personnage comique, ce qui est terrifiant. Personne n'est assez fort pour être plus fort que la mode.

La mode est une affaire de vitesse. Avez-vous visité une maison de couture dans les instants qui précèdent l'apparition de la collection ? Ce que j'ai fait au début de la collection, je le trouve désuet avant la fin. Une robe qui date de trois mois ! Une collection prend tournure dans les deux derniers jours ; en quoi notre métier ressemble au théâtre ; que de fois une pièce ne prend son sens qu'entre les couturières et la générale ? Dix minutes avant que les acheteurs n'arrivent, j'ajoutais encore des nœuds. À deux heures de l'après-midi, on passait encore des robes sur les mannequins, au désespoir du chef de cabine, sur qui repose le soin de régler les évolutions de ces jolies interprètes.

Si le rôle du couturier est par vous réduit à si peu de chose, à l'art léger et rapide de capter l'air du temps, ne trouvez-vous pas naturel, me dira-t-on, que les autres fassent de même, vous copient, s'inspirent de vos idées comme vous vous êtes inspirée de celles qui flottaient, éparses, dans Paris ?

Mais certainement : une fois découverte, une invention est faite pour être perdue dans l'anonyme. Je ne saurais exploiter toutes mes idées et ce m'est une grande joie que de les trouver réalisées par autrui, parfois plus heureusement que par moi-même. Et c'est pourquoi je me suis toujours séparée de mes confrères, pendant des années, sur ce qui est pour eux un grand drame, et ce qui pour moi n'existe pas : la copie.

La travail en secret, les ouvrières fouillées le soir, à la sortie des ateliers, les procès en contrefaçon, les espions, les échantillons qui disparaissent, les patrons qu'on s'arrache comme s'il s'agissait de la formule de la bombe atomique, tout cela est inutile, puéril, inefficace. J'ai commencé par deux collections par an. Mes confrères en lancèrent quatre, pour avoir le temps de copier les miennes. (« En mieux », disaient-ils ; et il leur arrivait d'avoir raison.)

Quelle sclérose, quelle paresse, quel goût administratif, quel manque de foi dans l'invention, que d'avoir peur des contrefaçons !

Plus la mode est éphémère et plus elle est parfaite. On ne saurait donc protéger ce qui est déjà mort.

Je me souviens d'une soirée chez Ciro's où il y avait dix-sept robes Chanel, dont aucune ne sortait de chez moi. La duchesse d'Albe m'accueillit par ces mots : « Je te jure que la mienne en vient. » C'était bien inutile. Et aussi ce mot de la duchesse de La Rochefoucauld qui répondait à un ami, lequel l'invitait avec moi : « Je n'ose pas la rencontrer, ma robe de Chanel ne sort pas de chez elle. » Je répliquai à mon tour : « Je ne suis plus moi-même bien sûre que mes propres robes sont de chez moi. »

C'est parce que la mode doit passer que l'on confie aux femmes sa vie fragile. Les femmes sont comme des enfants ; leur rôle aux uns et autres, c'est d'user vite, de casser, de détruire : un monstreux débit. C'est vital pour les industries qui n'existent que par elles. Les grands conquérants se mesurent aux ruines qu'ils laissent derrière eux.

Je n'aime que ce que j'invente et je n'invente que si j'oublie.

Les grands couturiers se groupèrent donc, il y a un peu plus de dix ans, en un club « exclusif » qui s'intitula le PAS (Protection des Arts saisonniers), sous forme de ligue contre la copie, c'était un trust. Était-il indispensable qu'une vingtaine de couturiers privilégiés en empêchassent de vivre 45 000 ?

Que peuvent-ils faire, ces petits, sinon interpréter les grands ?

Prendre un brevet pour une robe, même pas, pour un dessin, comme pour un frein de canon à tir rapide, je répète que c'est anti-moderne, anti-poétique, anti-français. Le monde a vécu des inventions françaises, la France, de son côté, a vécu de l'élaboration et de la mise en forme des idées inventées par les autres peuples ; l'existence n'est que mouvement et échanges. Si ces couturiers sont les artistes qu'ils prétendent être, ils sauront qu'il n'y a pas de brevets en art, qu'Eschyle n'a pas pris de copyright et que le shah de Perse n'a pas poursuivi Montesquieu en contrefaçon. Les

Orientaux copient, les Américains imitent, les Français ré-inventent. Ils ont ré-inventé plusieurs fois l'Antiquité : la Grèce de Ronsard n'est pas celle de Chénier ; le Japon de Bérain n'est pas celui des Goncourt, etc.

Un jour, en 192... au Lido, comme je me fatiguais à marcher pieds nus dans le sable chaud et que les sandales de cuir me brûlaient la plante des pieds, je fis découper par un bottier des Zattere une plaque de liège en forme de semelle et y ajustai deux lanières. Dix ans plus tard, les vitrines d'Abercromby à New York étaient pleines de souliers à semelles de liège.

Fatiguée de tenir mes sacs à la main et de les perdre, j'y passai, en 193... une lanière et le portai en bandoulière. Depuis lors...

Les bijoux des bijoutiers m'ennuyaient ; je fis dessiner par François Hugo, à mon idée, des clips, des broches, toutes ces parures de fantaisie qu'on voit aujourd'hui jusque sous les galeries du Palais-Royal et sous les arcades Rivoli.

Je serais désolée si toutes ces petites choses portaient une marque de fabrique. J'ai donné la vie à tout cela, mais si j'avais voulu me protéger, c'est ma vie que j'aurais donnée.

Je me demande pourquoi je me suis lancée dans ce métier, pourquoi j'y ai fait figure de révolutionnaire ? Ce ne fut pas pour créer ce qui me plaisait, mais bien pour démoder, d'abord et avant tout, ce qui me déplaisait. Je me suis servie de mon talent comme d'un explosif. J'ai l'esprit éminemment critique, et l'œil aussi. « J'ai le dégoût très sûr », comme disait Jules Renard. Tout ce que j'avais vu m'ennuyait, j'avais besoin de me nettoyer la mémoire, de chasser de mon esprit tout ce dont je me souvenais. Et j'avais aussi besoin de faire mieux que ce que j'avais fait et de ce que donnaient les autres. J'ai été l'outil du Destin pour une opération de nettoyage nécessaire.

En art, il faut toujours partir de ce qu'on peut faire de mieux. Si je construisais des avions, je commencerais par en faire un trop beau. On peut toujours supprimer ensuite. En partant de ce qui est beau, on peut ensuite descendre au simple, au pratique, au bon marché ; d'une robe admirablement faite, arriver à la confection ; mais le contraire n'est pas vrai. Voilà pourquoi, en descendant dans la rue, la mode meurt de sa mort naturelle.

J'entends souvent dire que la confection tue la mode. La mode veut être tuée ; elle est faite pour ça.

Le bon marché ne peut partir que du cher et pour qu'il y ait une basse couture, il faut qu'il y en ait d'abord une haute ; la quantité n'est pas que de la qualité multipliée, leur essence est différente. Si cela est compris, senti, admis, Paris est sauvé.

« Paris ne fera plus la mode » entends-je dire. New York l'inventera, Hollywood la diffusera et Paris la subira. Je ne le crois pas. Certes le cinéma a produit dans la mode l'effet de la bombe atomique ; le coefficient de déflagration de l'image mouvante répandue dans les salles n'a plus d'autres limites que la Terre, mais j'en suis encore, moi l'admiratrice des

films américains, à attendre que les studios
aient imposé une ligne, une couleur, une forme
vestimentaires. Hollywood s'attaque avec succès à la figure, à la silhouette, à la coiffure, aux
mains, aux ongles de pied, aux bars transporta-
bles, aux frigidaires de salon, aux montres-ra-
dio, à tous les prolongements et colifichets
humains, mais il ne s'attaque pas plus victo-
rieusement au problème central du corps qu'il
n'a réussi à s'emparer du drame interne de
l'homme, qui reste l'apanage des grands créateurs et des vieilles civilisations. Du moins
jusqu'à présent.

Les Américains m'ont demandé cent fois
d'aller lancer la mode en Californie. J'ai refusé,
sachant que la solution serait artificielle, donc
négative. Il y a des terres bien plus riches que la
pierreuse Bourgogne ou la sablonneuse
Guyenne ; on a tenté de faire du vin, de la
Perse au Pacifique, mais on n'y a jamais réussi
le clos-vougeot ou le vin d'Aÿ. La richesse et la
méthode ne sont pas tout. Greta Garbo, la plus
grande artiste que nous ait donnée l'écran, était
la femme du monde la plus mal habillée.

Un grand fabricant d'étoffes lyonnais me saisit à Lyon, à mon passage.

— Je vais vous montrer quelque chose qui révolutionnera la couture, me dit-il.

Et il me sort des dessins animés imprimés sur soie.

— J'ai acheté les droits de Walt Disney, fait-il avec orgueil. Qu'en dites-vous ?

— Vous gaspillez votre argent en imbécillités, répondis-je.

— Ça ne vous emballe pas ?

— J'ai très peur du ridicule. Se promener avec une vache sur le derrière, ça se voit. Je suis pour ce qui ne se voit pas. Gardez vos étoffes. Ça fera de charmants rideaux de nursery. Habillez-vous votre femme ainsi ?

— Ah ! non. « Ma souveraine » (c'est ainsi qu'il appelait sa femme) ne peut pas porter des choses pareilles.

Des confrères vous diront :

— Chanel manque d'audace. Chanel est une révolutionnaire dépassée par la révolution.

Je répondrai qu'il peut y avoir des révolutions dans la politique, qui est une chose pau-

vre (car il n'y a que deux solutions, depuis que
le monde existe, pour faire vivre les hommes en
société, la liberté et la dictature, la solution A
et la solution B) et qui n'a pour se mouvoir
qu'un hémicycle, une droite et une gauche ;
mais qu'il ne peut y avoir de révolution dans la
couture, qui est une chose riche, nuancée et
profonde, comme les mœurs dont elle est l'expression.

En résumé, la confection existe. La confection fait des merveilles. La confection triomphe, déjà elle inonde le monde, mais mêler la
quantité à la qualité, c'est additionner des
pommes et des poires. La France sera la dernière vaincue. Paris ne le sera jamais. Nous
sommes un trop petit pays pour la confection.
Notre exiguïté nous sauve. Citroën s'est cru
Ford ; il venait de Hollande, il n'a pas compris
que Grenelle n'était pas Detroit.

Et pour en revenir à la copie en couture, j'ai
dit à mes confrères : l'étranger peut-il nous copier librement ? Oui. Le fait-il ? Oui. Alors il
est bien inutile d'assimiler une robe à un bre-

vet. C'est avouer que vous êtes à court d'invention. Et si vous êtes désarmés contre les grands requins internationaux, pourquoi ôtez-vous le pain de la bouche de nos petites couturières ? Racine et Molière n'ont jamais eu à souffrir des institutrices. À la page d'un plagiat, il y a admiration et amour.

On m'a haïe pour avoir défendu cette thèse, on m'a boycottée, on m'a privée sept ans de matière première. Mais ma thèse est aussi bonne aujourd'hui qu'hier.

Si j'ai insisté sur cette querelle de la copie, c'est qu'elle a creusé entre moi et mes confrères un fossé qui ne s'est jamais comblé. J'ai eu beau apporter des modes nouvelles, des inventions, provoquer de nouveaux procédés de fabrication, faire vivre des industries immenses, la couture n'a rien compris. L'homme est né fonctionnaire, on ne peut le changer. Il codifie tout ; il endigue tous les fleuves et les religions finissent dans des cartons verts.

Vous voyez quel caractère de chien j'ai vraiment ?

J'admire et j'aime l'Amérique. C'est là que j'ai fait fortune. Pour beaucoup d'Américains (que vous ne connaissez pas, ni moi non plus) la France, c'est moi. Je pense que j'y serai mieux comprise que partout ailleurs, car l'Amérique ne travaille pas « pour les Américains » c'est-à-dire, comme nos couturiers français, les yeux braqués sur *Life* et *Fortune*. L'Amérique actuelle est surpeuplée de Français, d'écrivains, de professeurs, de politiciens, de journalistes français. Les modes américaines en ont-elles subi la moindre influence ? Le luxe est en Amérique, mais l'esprit de luxe habite encore la France. Je sais ce que c'est que le luxe. J'ai vécu dix ans dans le plus grand luxe du monde. Pourquoi aller chercher des mannequins américains ou anglais, comme Molyneux ? Pourquoi aller chercher à New York un goût qu'on ramène à Paris et qu'on transforme ? Une robe n'est pas comme ces bordeaux *retour des Isles* qui s'amélioraient pendant la traversée des voiliers.

Les gens du métier ne sont pas faits pour penser à l'excentricité, mais bien au contraire, pour remédier à ce qu'elle peut avoir d'exagéré. J'aime mieux le trop comme-il-faut. Il faut cultiver les moyennes ; une femme trop belle fait de la peine aux autres et une trop laide attriste le sexe fort.

Il y a cinq femmes intelligentes sur un million : qui le leur dirait, sinon une femme ?

Les femmes pensent à toutes les couleurs, sauf à l'absence de couleurs. J'ai dit que le noir tenait tout. Le blanc aussi. Ils sont d'une beauté absolue. C'est l'accord parfait. Mettez des femmes en blanc ou en noir dans un bal : on ne voit plus qu'elles.

Les clientes ne s'intéressent qu'au détail ; elles se dispersent. Elles négligent à tort de prendre l'avis des hommes. Or les hommes adorent sortir des femmes bien habillées, mais pas voyantes. Si leur compagne l'est, ils préfèrent rester chez eux, pour éviter le supplice d'être regardés. Pourquoi vouloir toujours, au lieu de plaire, étonner ? Seuls les très jeunes hommes ont besoin qu'on leur explique leur bonheur, que la foule se retourne sur le passage de leur compagne.

Les révolutions de la mode doivent être conscientes, les changements graduels et imperceptibles. Je ne suis jamais partie d'un a priori, d'une idée abstraite ; je n'ai jamais décidé dix mois à l'avance que, la saison suivante, les robes se porteraient plus longues.

Je n'ai jamais eu une clientèle d'actrices. Pour la mode, les actrices n'ont plus existé après 1914. Avant cela, elles faisaient la mode.

Un dernier roi

Un jour, Paméla, cette Anglaise qui travaillait chez moi, vint me dire (c'était dans le Midi) :

— Rends-moi un service. Il ne te coûtera rien. Si tu me le rends, j'aurai un cadeau. J'ai envie d'un cadeau ou, plus exactement, j'en ai besoin. Westminster vient d'arriver. Son yacht est mouillé en rade de Monaco. Il veut te connaître. J'ai promis, contre récompense, de t'amener dîner.

Cette trop rare franchise me plut, mais ne me désarma pas. J'étais habituée à Paméla, habituée à ne voir dans les femmes que des monstres.

— Je n'irai certainement pas.
— Je t'en supplie !

— Je n'irai pas.

Bientôt après, avec ma lâcheté habituelle, j'avais cédé. Paméla aurait son cadeau. J'acceptais à dîner pour le lendemain. Dans la journée, télégramme de Paris, envoyé par Dimitri, m'annonçant son arrivée justement pour ce lendemain-là. Je me décommandai au dîner, naturellement. Lorsque Dimitri débarqua, je le lui dis, devant Paméla.

— Moi, cela m'aurait bien amusé, si j'avais été invité, de voir ce yacht, dit Dimitri, avec une désinvolture charmante.

— Qu'à cela ne tienne, je vais vous faire inviter, fit Paméla, apercevant aussitôt le joint.

Deux heures plus tard, Westminster priait le grand-duc à dîner, le soir même.

— Dimitri, tu as eu tort… dis-je.

— Pourquoi ?

— Je ne sais pas. Mais il ne faut pas forcer le destin. Je sens vaguement que tu aurais mieux fait de dîner seul avec moi…

Dix ans de ma vie se sont passés avec Westminster. Je dirai plus loin ce que furent ces années-là. Je vais d'abord vous expliquer l'homme, car le plus grand plaisir que j'ai tiré de lui, ce fut de le regarder vivre. C'est un chasseur habile, sous des dehors maladroits. Il faut être habile pour me retenir dix ans. Ces dix ans se sont passés à vivre très tendrement, très amicalement avec lui. Nous sommes restés des amis. Je l'ai aimé, ou j'ai cru que je l'aimais, ce qui revient au même. Il est la courtoisie même, la gentillesse personnifiée. Il appartient encore à une génération d'hommes bien élevés. D'ailleurs tous les Anglais sont bien élevés, du moins jusqu'à Calais.

Je fus invitée à dîner, peu avant la guerre, chez M. Jean Prouvost, directeur d'un grand journal du soir. J'entrai chez lui, étant très précise, à 8 heures 45, l'heure indiquée. M. Prouvost, sous le prétexte d'avoir mal à la tête, fit droguer tous ses invités deux heures. Nous dûmes attendre pour nous mettre à table. M. Prouvost ne s'excusa même pas. Les leçons de maintien qu'il prenait alors avec une petite femme du grand monde ne lui avaient servi de rien.

Pour être mal élevé de façon élégante, il faut d'abord avoir été bien élevé. C'était le cas de Westminster.

Il est la simplicité faite homme, le plus grand timide que j'aie jamais vu. Il a la timidité des rois, des gens isolés par leur condition et par leur richesse. Comme on le croit des personnages les plus importants d'Angleterre, il en est gêné ; il sait qu'on sait ; il ne serait pas moins gêné s'il voulait prouver qu'il est un homme comme les autres. Westminster a horreur des rencontres, il fuit ce premier choc. À moins qu'il ne franchisse l'obstacle tête baissée, à son insu, aussi quand le péril est surmonté, le voyez-vous heureux. Je l'aperçus un jour à Biarritz, à la sortie d'un bar, tenant familièrement par le bras un homme qui lui parlait avec un abandon volubile.

— Savez-vous qui c'est ? demandais-je à Westminster lorsqu'il m'eut rejointe.

— Nullement.

— C'est Poiret, le couturier.

— *Good fellow !* fit Westminster enchanté.

Le lendemain il retrouva Poiret au tennis, lui fit mille amitiés, revint vers moi, triomphant :

— Vous savez, me dit-il, votre Poiret ne m'a pas du tout intimidé !

Je cite ce trait, parce qu'il ressemble à ceux qu'on voit dans les Mémoires ; il pourrait être de Louis XVI, de Charles VI, d'un souverain enfant.

Westminster est l'élégance même : il n'a jamais rien de neuf ; j'étais obligée d'aller lui acheter des chaussures, il porte les mêmes vestons depuis vingt-cinq ans. Rien ne le fera aller chez le tailleur, ou le recevoir. Westminster possède deux yachts : un contre-torpilleur auxiliaire de la Royal Navy et un quatre-mâts. Quand on descend à terre, tous les invités coiffent de magnifiques casquettes de yachtman pour aller acheter des cartes postales dans le port. Lui ne débarque jamais qu'avec un vieux chapeau mou.

Westminster est l'homme le plus riche d'Angleterre, peut-être d'Europe. (Personne ne le sait, même pas lui, surtout pas lui.) Je le dis d'abord parce qu'à pareil degré, la richesse n'est plus vulgaire, elle est située bien au-delà de l'envie, elle prend les proportions d'une catas-

trophe ; mais je le dis surtout parce qu'elle fait
de Westminster le dernier produit d'une civilisation disparue, une curiosité paléontologique
qui trouve naturellement sa place dans ces souvenirs. Lord Londsdale me montrant le luxe
d'Eaton Hall, une des résidences de Westminster, me disait :

— Ce que nous voyons ici, lorsque le pro-
priétaire ne sera plus, ce sera fini.

C'est aussi affreux d'être trop riche que
d'être trop grand. Dans le premier cas on ne
trouve pas le bonheur et dans le second on ne
trouve pas de lit.

Westminster a un caractère charmant, à condition qu'on ne l'ennuie pas. Il s'ennuie déjà
assez lui-même. C'est une grande carcasse,
lourde, robuste, du moins à l'extérieur. Son intelligence, c'est sa sensibilité, qui est vive. Il regorge de charmants ridicules. Il n'est pas sans
esprit de rancune, de petites rancunes d'éléphant, bien mijotées, car il est taquin. Il aime
peu les êtres, mais surtout les animaux et les
plantes.

À Eaton Hall, dans le Cheshire, en me pro-
menant dans le parc, je découvris, tapies dans

une vallée, des serres grandes comme celles de la ville de Paris. On y cultivait pour la table, en toutes saisons, des pêches, des brugnons, des fraises…, comme jadis en Russie ou en Pologne.

J'y amenai Westminster. Il semblait ignorer qu'il possédât tout cela ; nous nous jetâmes sur les fraises, comme des écoliers à la cueillette. Le lendemain je voulus retourner seule aux serres ; les portes étaient fermées. Je le dis à mon ami, qui fit comparaître le jardinier chef.

— J'ai fermé les serres, parce qu'on a volé des fraises, Mylord, dit le jardinier.

— Les voleurs… c'était Mademoiselle ! répondit Westminster lâchement.

Le jardinier avait passé sa vie à Eaton Hall et jamais il ne lui était venu à l'esprit que son maître pût, même par jeu, manger des fraises à même la plate-bande.

Nous retournâmes dans les serres, une autre fois :

— Que de belles fleurs ! s'exclama Westminster. Où vont toutes ces magnifiques orchidées ? Pourquoi n'en voit-on jamais au château ?

— Elles vont dans les hôpitaux, à l'église… répondit le jardinier chef.

J'admirais comment ces immenses fortunes deviennent anonymes, se perdent dans la communauté, comme un fleuve trop large dans les sables.

Malgré les serres, Westminster continua de n'aimer que les fleurs naturelles. Ce qui lui donnait le plus de plaisir, c'était de m'apporter dans une boîte le premier perce-neige, cueilli sur la pelouse.

Westminster a des maisons partout. À chaque nouveau voyage, j'en découvrais. Il est loin de les connaître toutes : que ce soit en Irlande, en Dalmatie ou dans les Carpathes, il existe une maison appartenant à Westminster, une maison toute montée, où on peut dîner et coucher en arrivant, avec de l'argenterie astiquée, des voitures (je vois encore les 17 vieilles Rolls sous le garage d'Eaton Hall !) avec leurs accus chargés, des canots à pétrole dans le port avec leur plein d'essence, des domestiques en livrée, des intendants et, sur la table d'entrée, partout et toujours, les revues, magazines et journaux du monde entier.

L'argent dépensé pour les périodiques qu'on reçoit ici et que personne ne lit me serait une rente suffisante, me disait un Écossais, vieil ami de Westminster.

Dans les landes d'Écosse, les grouses sont prêtes à être chassées, ou les saumons à être pêchés ; au même instant, en forêt de Villers-Cotterêts ou dans les Landes, les piqueurs pour la bête noire ou pour le cerf n'ont qu'à seller leur cheval pour aller faire le pied et préparer les voies ; c'est à se demander s'ils couchent dans leur habit rouge, ou si les commandants des yachts, toujours sous voile ou sous pression, ne sont pas, en réalité, peints sur leur dunette, bref si cette absurde féerie (qui n'est même pas voulue, qui existe parce que c'est ainsi, depuis des générations) n'est pas un mauvais rêve, le rêve d'un clochard.

Eaton Hall est aux portes d'une ravissante ville (Hester, qui appartient à Sa Grâce), dans le pays de Shakespeare, avec des maisons de bois à pignons pointus et à colombage *black and white* du temps de Falstaff. Le château, qui défendit longtemps la frontière romaine contre les Gallois, n'a gardé que ses caves moyenâgeuses, car il est d'un gothique Walter Scott ; il est entouré de terrasses à l'italienne, d'allées d'entraînement de haras, de fermes modèles, de forêts de rhododendrons comme dans les romans de Disraëli, avec des galeries où les Rubens, les Raphaël, les maîtres anglais et les Thorvaldsen font rage.

Pourquoi Westminster se plaisait-il avec moi ?

D'abord parce que je n'avais pas cherché à l'attraper. Les Anglaises ne pensent qu'à attraper les hommes, tous les hommes. Si on porte un très grand nom et qu'on soit immensément riche, on cesse d'être un homme, on devient un lièvre, un renard. C'est tous les jours l'ouverture de la chasse. On imagine, dans ces conditions, quel repos c'est de vivre avec quelqu'un qu'on a été chasser soi-même, quelqu'un qui demain, sans doute, fera un trou sous la cage et s'enfuira.

Les Anglaises sont de purs esprits (des *souls*), ou des palefreniers. Mais dans les deux cas ce sont des chasseresses ; elles chassent à cheval ou elles chassent à âme, mais c'est toujours la poursuite. Moi, il ne m'est jamais venu à l'esprit de dire : « Voilà un homme qui me plaît, je vais l'attraper, où est mon fusil ? » Le sport est devenu chez beaucoup d'Anglaises une seconde nature, mais la première, c'est l'homme.

Aurélia monte très bien ; elle a la réputation d'être toujours derrière ses chiens. Un jour, à cheval, je lui dis :

— Saute donc !

— Oh ! non ! J'ai trop peur, seule avec toi... Je ne saute que s'il y a un homme pour me regarder. Pour toi, ça ne vaut pas la peine.

Westminster se plaisait avec moi parce que j'étais Française. Les Anglaises sont possessives et indifférentes. Les hommes s'assomment avec elles. (Les Américains, au contraire, ont horreur des Françaises ; jamais, ou presque, ils ne les épousent. Alors qu'on ne saurait compter le nombre de Françaises qui ont réussi en Angleterre.)

En outre, les Anglaises ne sont pas absolument désintéressées. Les Françaises l'étaient, elles ne le sont plus. (Il ne faut pas m'accuser de médire les Anglaises. D'abord je médis de tout le monde ; ensuite ce que je dis là éclate dans ces miroirs des mœurs que sont les romans anglais ; et surtout les mauvais, que j'ai tant lus ; les mauvais romans peignent une société de façon bien plus frappante que les bons.)

Ce n'est pas de notre faute, à nous, si les Anglaises sont maladroites ; si elles ne font que des choses qui déplaisent aux hommes. Les Anglais sont des espèces de chevaux. Aux courses, aux cartes, des chevaux. Swift l'a très bien vu. Vous vous rappelez, dans *Gulliver*, au pays des Houghnims, les deux chevaux qui conversent en faisant *Hhunn, Hhunn* ?

J'ai dit tout cela jadis dans un article qui fit du bruit à Londres. Cet article était de Randolph Churchill ; il l'avait offert partout et se l'était vu refuser. Je l'accompagnai au *Daily Mail* : l'article parut en première page, à l'occasion d'Ascot. Je n'y parlais que des Anglais, avec un humour tendre. Pas un mot sur les femmes. Il eut un succès fou ; tous les hommes se l'arrachèrent.

Un des Français qui a écrit sur les Anglais, à la fin du dix-huitième, les choses les plus pertinentes et les plus impertinentes, Tilly, a fait cette remarque fort juste : « Les Anglais sont les gens du monde qui savent le mieux épouser leurs maîtresses et leur demandent le moins compte du passé. »

Des amis.

Il y avait là Churchill.

Il y avait le tout petit duc de Malborough que j'appelais Little Titch, à côté de sa mère girafe. Il disait de sa femme : « La duchesse se croit la femme la plus distinguée. »

Il y avait Lonsdale.

Mes amis l'ennuyaient. Il ne comprenait rien à Misia, qui ne comprenait rien à l'Angleterre. Il avait horreur de Sert qui sciait le bec des cigognes pour les faire mourir de faim, qui poussait les chiens dans le grand canal de Venise.

Ce n'était pas ma destinée de devenir Anglaise. Ce qu'on nomme une « situation enviable » ne l'est pas pour moi. J'exigeai qu'il se mariât.

Je m'ennuyais, de cet ennui sordide de l'oisiveté et des riches. Pendant dix ans, j'ai fait tout
ce qu'il a voulu. Une femme ne s'humilie pas
en faisant des concessions.

J'ai toujours su quand m'en aller.

Ça peut traîner des mois, un an, mais je
sais que je m'en irai ; je suis encore là et déjà
absente. J'avais satisfait un grand fond d'in-
dolence qui se cache sous mon activité ;
j'avais voulu être une femme de harem, l'expérience était terminée. La pêche au saumon
n'est pas la vie. N'importe quelle misère vaut
mieux que cette misère-là. Les vacances
étaient finies. Elles m'avaient coûté une fortune, j'avais négligé ma maison, abandonné
les affaires, couvert d'or des centaines de domestiques.

J'aurais pu être la plus riche des femmes, au
sens le plus précis du mot. Mon ami me disait
chaque jour : « Prenez tous ces Rembrandt »,
« Ces Frans Hals sont à vous ».

Il me dit :

— Je vous ai perdue. Je ne m'habitue pas à
vivre sans vous.

Je lui répondis :

— Je ne vous aime pas. Ça ne vous amuse pas de coucher avec une femme qui ne vous aime pas ? Les hommes avec qui j'ai été brutale sont tout de suite devenus très gentils.

Westminster vit soudain que je n'étais plus là.

Il a compris avec moi que tout ce qu'il voulait, il ne pouvait pas l'avoir, qu'être Sa Grâce ce n'était rien tant qu'une petite Française pouvait vous dire non ; ce fut un choc pour lui ; il en perdit l'équilibre.

Plusieurs années après, Westminster m'invita. Je voyageais alors en Italie. Je lui répondis : « Je serai une invitée. Soyez très aimable avec moi. » Je suis retournée en Ecosse. Mon ami avait repris sa cour de parasites.

Je n'ai pas eu de chance. Ce voyage n'a pas été heureux. Après le Lido ensoleillé, il pleuvait à Londres. Il n'y avait plus de secrétaire à la gare de Saint-Pancras. Westminster ne m'attendait pas à Inverness. C'était un été sec ; il n'y avait pas d'eau pour pêcher.

— Que de changements !

Une Française de province...

Elle avait décidé d'en faire une maison chic !

236 L'allure de Chanel

Il n'y avait plus de fusils et de canne à pêche dans l'antichambre.

J'avais préalablement écrit à sa femme : « Si cela vous ennuie que je vienne, je n'irai pas. » « Pas du tout, me répondit-elle, je connais votre système (pourquoi pas ma recette ou ma martingale ?). Je sais que vous ne direz pas de mal de moi. »

Westminster, du haut de sa richesse, connaissait l'ennui des cimes, la solitude des grands tyrans, cette mise hors-la-loi de celui à qui rien n'est impossible. Je n'osai me plaindre d'un malaise, d'une migraine, car aussitôt, sur un coup de téléphone, les plus célèbres médecins spécialistes arrivaient de Harley Street, faisant avec leur trousse un voyage de vingt heures et pour rien, car je refusais de les voir. Je ne me risquais plus à formuler un vœu, car le tapis magique me le présentait, réalisé, avant que ma phrase fût finie, le temps d'une étoile filante.

Amusée du contraste de notre vénerie et de la chasse telle qu'on la pratiquait en Angleterre, je disais, par exemple, un jour, au cours d'une conversation banale, que cela serait pittoresque de montrer Eaton Hall à l'équipage que Westminster entretenait dans les Landes. Aussitôt, les trente Français, piqueurs et valets de chiens, débarquaient, ayant passé la Manche dans la nuit. Lui traversait les mers comme un roi, le pavillon blanc de la Marine royale salué par les bateaux de guerre, promené sur les lacs de mazout souterrains de Gibraltar.

Et tout cela, pour aboutir à quoi : à l'ennui, aux parasites.

Adieu, non au revoir

J'ai essayé de parler de moi, sans penser à moi. Car tout être qui pense à soi est déjà mort. Mais comme lorsque les autres ne pensent plus à vous, on est aussi mort, j'ai dû, à contre-cœur, me résoudre à me mettre en scène et à vous imposer ma présence.

Ma vie ne fut qu'une enfance prolongée. C'est à cela qu'on reconnaît les destins où la poésie joue son rôle. Je n'ai jamais rien oublié. Je suis sortie toute ignorante et toute prête du fond de l'Auvergne. Je n'ai jamais eu le temps de penser à être malheureuse, à exister pour un autre être, ou à avoir des enfants. Ce n'est probablement pas par hasard que j'ai vécu seule. Je suis née sous le signe du Lion ; les astrologues comprendront ce que cela veut dire. Il serait très difficile à un homme, à moins d'être fort, de vivre avec moi. Et il me serait impossible, s'il était plus fort que moi, de vivre avec lui.

Le plus beau don que Dieu m'ait fait, c'est de me permettre de ne pas aimer qui ne m'aime pas. Et de m'avoir laissé ignorer la forme la plus commune de l'amour, la jalousie.

Je ne suis pas une héroïne. Mais j'ai choisi ce que je voulais être et je le suis. Tant pis si je ne suis pas aimée, et pas agréable.

Ce que je vous raconte exprime mieux mes défauts que mes qualités. J'ai quelques qualités, assez charmantes ; je suis pleine de défauts insupportables. Ainsi que je l'ai dit au début, je suis tout orgueil. À moins que je ne m'abuse et que je ne sois que vanité ; le vrai orgueil non seulement ne s'avoue pas, mais ne se définit même pas ; c'est l'orgueil de Louis XIV, ou celui de la nature anglaise.

Il aura suffi de m'entendre pour voir aussitôt que je manque d'équilibre, que je parle trop, alors qu'il est facile de plaire en écoutant, que j'oublie vite, que, d'ailleurs, il me plaît d'oublier. Je me jette sur les gens pour les obliger à penser comme moi.

Changer d'opinion me fait horreur. Écouter les autres m'agace, sauf si c'est en écoutant aux portes ; ce qu'ils disent m'horripile dès la première phrase et pourtant j'ai un goût inexplicable pour la discussion inutile, qui m'épuise. Je travaille volontiers dans le bruit, la conversation, l'agitation, la confusion. Je cherche à plaire en parlant, je pense en parlant, je construis en parlant.

Je ne suis ni intelligente, ni crétine, mais je ne crois pas être un personnage de série. D'ailleurs en France, personne ne l'est. J'ai fait des affaires, sans être une femme d'affaires. J'ai fait l'amour sans être une femme d'amour. Les deux seuls hommes que j'aie aimés, je crois qu'ils se souviennent de moi, sur terre et au ciel, car les hommes se souviennent toujours d'une femme qui leur a causé beaucoup de soucis. J'ai fait mon devoir envers les êtres et la vie sans aucun principe, par goût de la justice.

Les gens croient que je distille le fiel et la méchanceté. Ils croient… Ma foi, ils croient tout, sauf qu'on travaille, qu'on pense à soi et qu'on les ignore. Je suis bonne, à condition qu'on ne me le dise pas, car cela m'em… et m'irrite. Car je suis irritée, irritable et irritante.

J'offre des contrastes qui n'intéressent que moi, mais auxquels je n'arrive pas à m'habituer : je me trouve la personne la plus timide et la plus hardie, la plus gaie et la plus triste. Ce n'est pas moi qui suis violente, ce sont les contrastes, les grands contraires qui se heurtent en ma petite personne. Je déteste être plainte, mais j'aime à me plaindre, jouer à la victime. Je fuis la médecine et j'ai la passion des spécialités pharmaceutiques, parce que les pharmaciens s'intéressent à ce que je dis, alors que les médecins ne m'écoutent pas.

Je ne suis pas du tout frivole. J'ai une âme de patronne. Je prends tout au sérieux. J'ai mis la sincérité dans tout. Je n'ai jamais tiré sur moi-même de chèque sans provision.

La solitude me fait horreur et je vis dans une solitude totale. Je paierais pour ne pas être seule. Je ferais monter le sergent de ville de faction pour ne pas dîner seule. Et pourtant je n'attends du monde que l'ingratitude. (La vraie générosité, c'est peut-être de connaître l'ingratitude et de l'accepter.) Mais si je me laissais glisser, je sais que la mélancolie m'attend, la gueule ouverte… Les gens ennuyeux sont toxiques et l'ennui me fait l'effet d'un poison foudroyant. La bonté m'embête et la raison m'assomme.

Toutes les fois que j'ai fait quelque chose de raisonnable, cela m'a porté malheur.

Bref, voilà tout ce que je suis. Vous avez bien compris ?

Eh bien, je suis aussi le contraire de tout cela.

Voilà les matériaux que m'a fournis ma mémoire, avec les pièces qu'on a jetées dans mon jardin et avec les poutres que j'ai trouvées dans l'œil du voisin.

Ce que je vous raconte n'est pas un testament.

Où vais-je, maintenant, je l'ignore, mais je vais quelque part et ce n'est pas fini. J'ai vu assez lucidement avancer ce qui est arrivé, pour devi ner ce qui va venir. Quand on me dit que l'Europe est en ruine, je sens qu'elle est ma mère et que je resterai près d'elle ; mais quand on ajoute, ce qui est plus grave, que l'Europe est démodée, je sens que je la quitterai sans regret, comme j'ai quitté ma famille, et que je continuerai ou recommencerai très bien ma vie sans elle.

Si l'Europe qui vient était le contraire de celle que nous quittons, je m'en accommoderai, par contre, si c'est la même Europe en plus pauvre et plus moche (j'allais écrire laid, mais ce n'est pas ça), je m'en vais. « Mais la mode, c'est Paris ! » me dit-on. Moi je réponds : à condition que Paris soit Paris et que l'Europe soit l'Europe. Paris ne sera pas Paris et l'Europe, l'Europe, tant que les clientes préféreront un saucisson à une robe et tant que je verrai entrer dans ma boutique des officiers américains en uniforme… qui sont en réalité d'anciennes clientes, des officiers dont le colonel me sautera au cou, en me disant qu'il s'appelle Madeleine Carroll.

Je crois que ce qui va arriver demain, dans le monde, n'arrivera pas à l'Europe. Voilà la vraie tragédie. Or je veux être de ce qui va arriver. J'irai pour cela où il faudra. Je suis prête à crever sous moi des sociétés entières, comme on crève un cheval.

Il va falloir aller ailleurs. Il va falloir faire autre chose. Je suis prête à recommencer.

Mort à la mort ! Tiens à l'existence ! (J'ai toutefois, pour l'autre côté, une vive curiosité. J'irai au paradis habiller de vrais anges, ayant fait sur terre, avec les autres anges, mon enfer.)

En tous cas, de mon vivant, je ne me reposerai jamais. Nulle part je ne me fais autant de mauvais sang et me fatigue autant que dans une maison de repos. Je sens bien combien je m'ennuierai au ciel, déjà en avion je m'ennuie plus que sur le sol.

Ce n'est pas l'Europe qui m'intéresse, c'est la terre qui tourne. Ma petite figure tourmentée d'Indienne jivaro, qui disparaît sous mes cheveux, quand je la regarde dans la glace, m'apparaît l'image des convulsions telluriques.

J'ai fait de la couture, par hasard. J'ai fabriqué des parfums, par hasard. Je vais maintenant me mettre à autre chose. Quoi ? Je ne sais pas. Ici encore le hasard décidera. Mais je suis toute prête. Je ne vous dis pas adieu pour longtemps. Je ne pense à rien, le moment venu, je sens que je sauterai sur quelque chose qui va passer à ma portée.

Pendant un quart de siècle, j'ai inventé la mode. Je ne recommencerai pas. Débâcle de l'époque, pas la mienne…

Je n'ai jamais connu l'insuccès. J'ai réussi de bout en bout tout ce que j'ai entrepris. J'ai fait aux gens plus de gentillesses que de misères. J'ai ainsi acquis le bien-être moral, à côté de l'autre. Cela me rend libre comme l'oiseau. M. Sartre a beau m'expliquer que je suis misérable, enfermée dans ma condition humaine (comme Lassalle disait, au début du marxisme : « Il faut d'abord faire comprendre à l'ouvrier combien il est malheureux »), je suis décidée à être heureuse sans avoir besoin de ce poison quotidien, récemment inventé, qu'on nomme le bonheur.

J'ai provoqué de merveilleuses et utiles inventions : j'ai été vomie, autant par ceux qu'elles appauvrissaient que par ceux qu'elles enrichissaient.

J'avais une amie que j'adorais, elle m'a trompée.

J'ai répandu le bien autour de moi tant que j'ai pu et je n'ai récolté que des gifles.

J'ai voulu améliorer le sort de mes ouvrières et ça a mal tourné.

J'ai aimé deux hommes et quand il s'est agi de les épouser, je n'ai plus cherché qu'à marier l'un et à caser l'autre.

J'ai habillé l'univers et, aujourd'hui, il va tout nu.

Tout cela m'enchante. Tout cela satisfait ce goût profond de la destruction et du devenir qui est en moi. On reconnaît la vie à ses incohérences. Le monde n'est que combat et confusion. Contrairement à ce que disait Sert, je ferai une très mauvaise morte, car une fois dessous, je m'agiterai, je ne penserai qu'à retourner sur la terre et à recommencer.

DU MÊME AUTEUR

Aux Éditions Hermann

L'ALLURE DE CHANEL, 1996 (Folio n° 4896)

Aux Éditions Gallimard

TENDRES STOCKS (préface de Marcel Proust), *nouvelles* (L'Imaginaire n° 344)

OUVERT LA NUIT, *nouvelles* (L'Imaginaire n° 185)

FERMÉ LA NUIT, *nouvelles* (L'Imaginaire n° 296)

BOUDDHA VIVANT, *récit*

FLÈCHE D'ORIENT, *roman* (Folio n° 3152)

FRANCE-LA-DOULCE, *roman*

MILADY *suivi de* MONSIEUR ZÉRO *(Les Extravagants)*, *nouvelles* (L'Imaginaire n° 282)

L'HOMME PRESSÉ, *roman* (L'Imaginaire n° 240)

LE LION ÉCARLATE *précédé de* LA FIN DE BYZANCE *et* d'ISABEAU DE BAVIÈRE, *théâtre*

MONTOCIEL, *roman*

FOUQUET OU LE SOLEIL OFFUSQUÉ, *biographie* (Folio Histoire n° 7)

FIN DE SIÈCLE, *nouvelles* (L'Imaginaire n° 559)

JOURNAL D'UN ATTACHÉ D'AMBASSADE 1916-1917. *Nouvelle édition en 1996 avec complément établi, présenté et annoté par Michel Collomb*

LA FOLLE AMOUREUSE, *nouvelles*

TAIS-TOI, *roman*

Composition Nord Compo.
Impression CPI Bussière
à Saint-Amand (Cher), le 25 mai 2009.
Dépôt légal : mai 2009.
1ᵉʳ dépôt légal dans la collection : avril 2009.
Numéro d'imprimeur : 091680/1.
ISBN 978-2-07-039655-9 /Imprimé en France.